散文中国精选

SanWen zhongguo

天籁

郑晓红 著

天津出版传媒集团

天津人民出版社

图书在版编目(CIP)数据

天籁 / 郑晓红著.——天津:天津人民出版
社,2013.8(2019.7重印)
　(散文中国精选)
　ISBN 978-7-201-08083-3

　Ⅰ.①天…　Ⅱ.①郑…　Ⅲ.①散文集-中国-当代
Ⅳ.①I267

中国版本图书馆CIP数据核字(2013)第163809号

天籁
TIANLAI

出　　版	天津人民出版社
出 版 人	刘　庆
地　　址	天津市和平区西康路 35 号康岳大厦
邮政编码	300051
邮购电话	(022)23332469
网　　址	http://www.tjrmcbs.com
电子信箱	tjrmcbs@126.com

责任编辑	伍绍东　杨　莉
装帧设计	汤　磊
印　　刷	天津兴湘印务有限公司
经　　销	新华书店
开　　本	700 毫米×960 毫米　1/16
印　　张	10.5
字　　数	120千字
版次印次	2013 年 8 月第 1 版　2019 年 7 月第 3 次印刷
定　　价	26.00 元

前　言

　　有人问我,你是专门从事生物研究的吗? 我说,不是。

　　他追问,那你一定是生物老师喽? 我说,也不是。

　　他说,那就奇怪了。

　　其实,一点也不奇怪。当你追寻自己生命轨迹的时候,你会发现,世上没有无端而生的事情,一切都是有缘由的,包括这本书的产生,它早在我的童年时代就已埋下了伏笔。

　　我是在子午岭脚下一个小林场里长大的。那里四面环山,满眼苍绿,天籁盖过了人声。那个小女孩终日与草木为伍,俯身在草间久久注视着那些微小而丰富的生命。她似乎是寂寞的,不爱说话,总是独来独往,但谁能知道她内心总是盛满欢喜呢? 她已经比其他小伙伴更富有了,伴风声,伴虫鸟之鸣,伴草木生长之声……她看见南瓜花开了,蜜蜂迫不及待地抱住颤嘟嘟的粉柱子。她试着用柔软的羽毛把蜜蜂后腿上的花粉扫落下来。蜜蜂丢开花蕊,晃悠悠飞起来,像醉酒一样的,满载着珍宝离去了……

　　她有数不清的秘藏,左边是花儿在张开花瓣,露出诱人的花芯子,右边是昆虫弹着竖琴,它们都应声而来,跳着秘密的舞蹈。

　　她躺在它们中间,她是微尘,她还是王。

目录
Contents

目录
Contents

第壹辑

歌声

　　我是不是应该庆幸,我还有村庄,还有原野,还有一面可听见昆虫吟唱的山坡?那些山野里的精灵对我不离不弃,我唤它时,寻它时,甚至爱它或怕它时,它都在那里。有它们的歌声,我便不孤独。

雀 瓮

当我蹲在一簇正萌生芽苞的火棘前面，指着枝杈间镶嵌的形如雀蛋的虫茧大呼小叫的时候，在暗处，古人早已掩嘴胡卢而笑了。古人并不觉得这有什么可惊异的，他们早就习惯于蹲身或者俯身体察生命的精微之处，像这些精巧的椭圆形虫茧，在他们的许多著述中早有记载。《蜀本草》把这石灰质的坚硬茧蛋称作雀儿饭瓮，缘由是当茧蛋顶部的盖子打开之后，剩余的部分就是标准的瓮形，而嘴刁的雀儿极喜欢啄食瓮中之蛹，于是有了雀瓮之说。

但我是孤陋寡闻之人，我唯有以大呼小叫来表现初见雀瓮的惊异之情：那一簇火棘貌不惊人，孤零零生在草地中央，它正憋足了劲让那些芽苞鼓突出来，以表达春又来的欢喜。我俯身下去，是准备察看那些嫩红小苞的，冷不丁的，却发觉许多颗精巧的椭圆形雀瓮点缀在火棘的枝杈上。多数雀瓮都空空如也。瓮口是丝毫不差的标准圆形，灰白底色，褐色条纹，纵直径约在 1 厘米—1.3 厘米之间，横直径 0.8 厘米左右。但也有不知何故未破茧的雀瓮，牢牢地镶在细枝上，轻轻摇一摇，里面似有硬物滚动碰撞之声。

我采了一只破茧的雀瓮，又采了一只未破茧的，一同插在书房的笔罐里。我还是惊异，那些个蠢笨肥大的黄刺蛾，竟有这样精准的神工！刺蛾的幼虫几次蜕皮老熟之后，选择自己喜欢的榴棘类植物攀上，在选址处一番啃除清理，便开始吐丝裹住自己，这层丝网便是雀瓮建造之初的框架，接下来，它开始排泄一种灰白色液体，一边排泄一边匀速旋转胖乎乎的身体，吐丝、排泄、蠕转、加固，一个浑然天成的微型雀蛋就形成了，刺蛾的幼虫大功告成，将不再肥硕的身体蜷紧开始呼呼大睡。

还有更惊异之处，不知古人是否已探知。为何所有雀瓮的裂口之

　　为何所有雀瓮的裂口之处都是如此精准的圆形？它是如何裂开的呢？是被顶开的？但我仔细观察敲打按捏了那浑圆的茧蛋，坚硬，没有裂痕，没有预先留置的机关，靠一只没有筋骨的肉虫之力似乎无法企及；那么，是被咬开的？从那茧子里爬出来的艳丽毛虫有"洋辣子"的别名，这毛虫啃啮之力尤甚，但不可思议的是，它怎么会咬出那么平整光滑的边缘呢？

处都是如此精准的圆形？它是如何裂开的呢？是被顶开的？我仔细观察敲打按捏了那浑圆的茧蛋，坚硬，没有裂痕，没有预先留置的机关，靠一只没有筋骨的肉虫之力似乎无法企及；那么，是被咬开的？从那茧子里爬出来的艳丽毛虫有"洋辣子"的别名，背着一身耸动的刺毛，若无意触到，其毒性会导致你皮肤瘙痒并红肿。而且，这毛虫的嘴巴也很厉害，啃啮之力尤甚，但不可思议的是，它怎么会咬出那么平整光滑的边缘呢？而况，在光滑的蛋形雀瓮内部，应该也没有下口之处啊。

连一贯被人类视为低等蠢笨的毛虫也给我们出了这么一道高等的难题，这又是一惊异啊！

建造雀瓮的毛虫艳丽有毒，人唯恐避之不及；由毛虫变化而得的黄刺蛾肥硕多鳞粉，也遭人厌恶；但那些神工而来的雀瓮却因沾了土火木之气，性甘平，无毒，是治疗小儿惊风的良药。

突觉，以人类眼光来定论的高级或低级、有益或有害、可爱或可怕、美或丑……应该有一厢情愿的嫌疑。

牧　场

　　天是放晴的,连一丝云彩都没有。我站在一棵梨树下面,仰着头,寻找隐藏在叶子之间的青涩果实。蓦的,手背微凉,低头看,一滴水渍泛着亮光,惊异间抬头,额上又凉了一瞬,用手指抹一抹,微黏。心下明白是某样昆虫在淘气,便扶了枝,细细在树枝和叶背上察看。果然,几根青翠枝条的骨节处,有一些棕色的凸斑密密集中在一起,它们的动作很细微,几乎叫人无法察觉,而这些斑点附近,无一例外的有一两只巡视的蚂蚁。我心下暗喜,原来,这些个枝条,就是蚂蚁那逼仄的牧场,而那些聚集在一起微动的凸斑,正是"传说"中的蚁牛。

　　蚁牛,其实只是个形象化的说法,可以扩句成为"蚂蚁的奶牛",它真正的名字是尽人皆知的"蚜虫"。可是,如果蚜虫们呈自然野生状态,那也不过是普普通通的、可被天敌瓢虫任意消灭的、以数量和繁衍速度取胜的一样昆虫而已;但蚜虫若是有幸或不幸被蚂蚁选中,它们就会被驱使到"牧人"以为适当的地方去,被集中起来牧养,从此变身为"家养"的蚁牛。蚂蚁熟练地驱使和掌控着这些小小蚁牛的动向,它们只需挥动触角在正吸食树液的蚁牛腹部敲一敲,受到刺激的蚁牛马上就会有了反应,从肛门里分泌出一滴明晃晃的液体来,这蜜液,便是蚂蚁们的最爱。

　　被牧养的蚁牛虽然不幸被剥夺了自由,但也是能得些好处的。比如,当蚂蚁发现蚁牛们聚集的牧场树液不够丰富时,就会另选丰饶之地,将蚁牛驱赶或者搬运过去。而且,一旦蚜虫们被蚂蚁牧养,专职消灭蚜虫的瓢虫卫士惧怕蚂蚁的威力,便马上逃之夭夭,再也不敢近前侵犯,于是,蚜虫们的安全就有了保障。这样看来,蚁牛和蚂蚁似乎成了互利互惠的关系!但也不然!毕竟,蚂蚁仍是高高在上的主宰者,它们为了保证蜜源充足,防止"奶牛"们脱逃,会咬断某些蚁牛已生出的翅膀,而且,还会将擅自离开聚集地行之不远处的蚁牛吃掉,以示惩戒! 若此,便能想见蚁牛们步步自危的惶恐之状了。

当然,蚂蚁并非仅仅使用武力来控制蚁牛,最有力的秘诀还在于天赋的玄机。据科学家研究发现,蚂蚁的足迹散发着一种可以迷惑蚁牛的味道,若蚜虫经过蚂蚁曾爬过的树叶,感觉马上就会迟钝起来,步履缓慢,甚至停驻于此。而蚂蚁们就利用这天赐的利器,轻而易举地将蚜虫们收服为可供任意驱使的"家畜",蜜罐手到擒来,常满常鲜。

再回头看看那牧场上的情状吧! 一只褐色的蚂蚁在"奶牛"群中巡视一番,轻晃触角,这里点点,那里敲敲,按摩完毕之后,迅速离开去另一群蚁牛处察看。待那蚂蚁再次回转,但见被按摩过的蚁牛尾部个个沁出透明的液体来,有些蚁牛分泌力极为旺盛,晶莹的一大滴摇摇欲坠,若蚂蚁不过来及时收取,便有滴落在地的可能。而方才,偶然滴在我手背和额头上的液体,便是蚁牛过于丰沛的分泌物了。

我眼望这蚂蚁伏在蚁牛背上贪婪啜饮的模样,不知该叹蚂蚁的智慧、蚁牛的幸与不幸,还是该叹自然造化环环相扣的机巧。总之,只觉得朗朗晴空之下逼仄的牧场里,时时都是风云迭起,暗流涌动啊!

痴　心

　　一面空镜子是这起相思事件的诱因。

　　在乡下,晨起的少女将镜子搁在屋外的窗台上,就着清澈如水的晨光梳理头发,这本是常见的事。但是,这天早上,这面未能及时收回的镜子却意外邂逅了一只鸟儿。它偶然歇落在那里,正用尖尖的喙整理颈下的羽毛,无意间一个眼风,似乎瞟见什么,于是向身后郑重凝视一眼,就这一眼,立时被击中似的呆怔在镜子前面。

　　所谓一见钟情不过就是如此吧,一眼初见,看见的却是依稀熟识的人。这只在乡下并不罕见的鸟儿,灰顶、黑背、橘尾,体型大小跟麻雀相似,又比麻雀生得娇俏动人些,乡下人按照一搭眼儿留下的印象,信口唤它"火脸斑儿"。这名不正言不顺的名儿,在这个叫马崖坳的小乡村里,竟就这样叫着一代代传将下来了。这只火脸斑儿刚成年,还没寻到合意的伴儿,像个浪荡公子一样在乡野里飞飞停停,可就这偶然间一站,无意间一眼,竟断了它继续浪荡下去的心思,决意在这里栖身下来了。

　　它发现,面前的这只火脸斑儿,跟自己不但相似,而且天然的情投意合:它微微颔首,它也轻巧地点头;它扭转羽毛蓬松的颈子,它也矜持端庄地侧首;后来它动了点儿歪心思,试探着去调笑面前的火脸斑儿,尖了嫩喙,对准了轻轻一啄,不想对面的它跟自己如出一辙,于是两只鸟儿叮的一声,喙对喙,啄在一起。镜子外的火脸斑儿既惊且喜,没想到意中鸟儿竟这般知心知意,立时兴奋起来,前仰后合着啁啾几声,收成一束的尾巴花洒开来,扑棱一声张翅扑飞一下,又急急收拢,骨碌着黑豆样的眼去查看镜里鸟儿的动静。它看见镜里的它竟跟自己是一般样的欣喜,都是不知道掩饰的、有些莽撞呆笨的示爱……它微微感动着,安静下来,凝视着立在对面的火脸斑儿,尖了喙,啄一下,再啄一下,一下比一下凝重,一下比一下深情。

当立在镜子前面的火脸斑儿无可救药地恋上镜子里的自己的时候,我坐在核桃树下的藤椅上,好笑、惊诧,又隐隐的心痛。火脸斑儿耐心地向镜子里的意中人示爱,喉咙里发出焦急又动人的颤音,一次次扑棱起来撞向镜子,祈望可以触到对方柔软的身体。它发现,自己跟对面的火脸斑儿都在做同样的努力,都在经受同样的失败。它扭动着灵活的颈子,盯着对方迟疑许久,又上下打量窗棂,它突然悟到什么,按照它有生以来与人类打交道的经验,似乎只有一种可能——爱人被人类禁锢了。

它很快飞将起来,在屋前上下查看一番,迅速从门里飞进去,在房间里上下冲撞,叫声急躁而忧伤。它很快发现了放在柜子上的另一面镜子,同时,也发现了镜子里羽毛有些蓬乱的火脸斑儿。它激动起来,再次扑棱飞起冲撞上去……

我不得不将屋里的火脸斑儿驱赶出去,又不得不将放在窗台外面的镜子收掉。

但是,我已经无法隔断它的相思,它很执拗,盘桓在屋顶不去,一有机会便冲将下来站在窗台上寻觅,它又试着去啄玻璃,立在窗框上向屋子里张望,喉咙里的颤音急促迫切。当晚,入夜,万籁俱寂,火脸斑儿的颤声隐约在屋顶、窗外、枝头……我与身边人讨论:若人与鸟可交流,是否该告诉它,它恋上的其实是自己?身边人未置可否,渐渐睡去。

佛曰:不可说,不可说。

欢 爱

真的,人世间是有大幽默的。

小时候,父母将我塞进一辆大拖拉机的驾驶楼里,叫拖拉机手把我捎到县城亲戚家。除了我这个搭客,还有一位是农场商店里的售货员,生得褐黑丰满,大眼修身。拖拉机的前轮真是硕大,楞楞兀立,我坐在左轮上方的护板上,她则坐在那厢。一路上,拖拉机手和售货员相谈甚欢,拖拉机快要出山的时候,速度渐慢,方向盘一打,拐进一个向阳的山隙。山隙不远处,是一面斜缓的山坡,慢慢缓下去,望不见了。他俩都扬言要去方便,并安顿由我留在驾驶楼里看车。临走,拖拉机手将刹车狠狠踩下去唤我过来用脚蹬住了,正言危色道若一松脚拖拉机就会失控撞进沟里。这般紧要的大事我怎敢懈怠,恨不能用两脚全力蹬死了。哪知他俩一去便迟迟不归,我倾斜着一段小身子趴在座位上,轮换蹬刹车的双脚酸软无力,快要支持不住之际,勉强撑起身子眺望,一眼便望见那面缓下去的山坡上的草棵子怪是扎眼,不仅生得不平顺,凭空凹进大片,而且摇摇摆摆,乍高乍低……

懵懂与明事也就是机缘到时的刹那之间吧!若干年后,我坐在一家电影院里,看着白幕布上男人和女人调情、拉扯、接吻……直至胶胶缠缠着跌进草丛之间,人没了,单剩一堆无辜的花草在那厢叱咤风云……我顿时恍然大悟,心绪飞转,原来——如此!

人类因为自恃高等,凡事都要拿捏着分寸,坦荡时坦荡,遮掩时遮掩,暴露处暴露,隐私处隐私,时时地地都有个辩证法在里面,尤其是床笫私情,无论是明修栈道还是暗度陈仓,都得躲在屋檐下,遮在帷幔里……这样的矜持和羞涩,倒叫天地之间那些低等的小虫儿惭愧了。虫儿们因为低等,无力设场布局,表情达意的方式往往直白裸露,手段拙劣,求偶时尽管搔首弄姿,极尽炫耀夸力之能事,得手后只管长驱直入,哪管温存缠绵之前戏。忠贞与不忠贞,也表述得直截了当,毫不掩饰,既无耻又无畏,一派坦荡的可爱。

有一种虎凤蝶,因为"男女"比例严重失调,"男"少"女"多,大约是一比四的比例,似乎很难达到交配的均衡。但是,雌性虎凤蝶却因此忠贞不贰,个个在欢爱之后于尾端生出直径约0.5厘米的棕色薄圆片,叫做交配衍生物,即使其他雄蝶有心来犯,却因为障碍横生只能退避三舍。而雄蝶则个个是花花公子,兴许在与身底新人交欢的间隙,早已在斜睨间寻到了下一个意中人,交欢完毕,即刻起身,盘旋在另一位娇娘周围开始调情。如此这般的欢情着实叫人憎厌,然而天性的安排却自然而然地解决了凤蝶族性别失调的难题,雌性个个贞节,只为繁衍,为雄蝶节省精力,雄蝶虽然纵情快活,但寿命要比雌性短一个多星期,也算是付出了代价。生殖与繁衍,便是靠这样的无知无畏延续下来的。

夏天的田野,处处都是惊心动魄,行走间,不经意就打扰了它们的私情。好在,虫儿的私情总是摆在天地之间的,同类可赏,无意撞入的人类亦可赏。即使被打扰后心觉不快,也并不翻身离去,而是拖着伴侣前行觅一片清静之地。我蹲在草间,不止一次地偷窥了瓢虫、椿象、象鼻虫的欢情,瓢虫和象鼻虫受到惊扰,即刻由高处跌落,跌到地上的伴侣依旧紧密相连,誓将欢爱进行到底的模样。被打扰的椿象情侣则忍耐得多,由着我窥看一阵,觉得过分了,便悠悠起身拖带着伴侣从这片草叶向那片草叶行进。

可是,数年前拖拉机手与售货员在草丛间的交合,不坦荡,不无畏,还对一个小孩儿使了心计,他们当年定为自己的瞒天过海捧腹,但他们就是没想到,小孩儿可以让一个场景定格下来,留到若干年后顿悟。他们还没想到,草丛间不知藏了多少虫儿的眼睛,怯生生地望着他们。

新 蜕

我喜欢将巧合称作机缘。渺渺世间,人若一粟,虫物们更微若不见,一她与一它的相见,谁能说不是机缘已到?

那日,我在田边行走,走出很远,过了苜蓿地,过了玉米田,过了桃园,还有大片望都望不完的麦田。累了,便停下歇息,可就是那一蹲身,一株麦子顶着针针麦芒就伸到眼前来,不仅如此,它上面还裹着一团蛛网,芒尖上,挑着一只晶莹的小蜘蛛。

那只蜘蛛有多剔透?我几乎无法用语言叙述。它的质地,更像一块雨花石,只是石头的微雕难以企及眼前所见的精工,总之,它晶莹得可疑,晶莹得像假的一样。它用八条腿牢牢扒住麦芒,许久不动声色,像佛家的入定。突然,它将身子向后一仰,腿脚在空中挣扎着似在用力,腹部渐渐现出本色,晶莹明亮的那一层脱落下来。它又开始练习另外的功法,将腿脚收成一束,一点儿一点儿后仰,带了刺毛的腿脚一并蜕将出来。真身显露,它也力竭了,像一件任谁宰割的小挂件,被褪下的破碎了的新蜕牵着垂吊在空里。它旁边的蛛网,敞开着一个圆圆的口子,是家园的收纳和温暖。

我的关注在不计其数的麦苗中,单停在那一株边上;它命悬一线的蜕变,偏呈在我眼前,而且,我们互不惊诧,互不惊扰,这难道不是一种亲切的机缘?

我和儿子曾坐在半山上的一棵椿树下乘凉,一样东西突然由头顶落下,弹一下,滚两下,正在眼前。半截是黑底白点橘斑的蜕衣,半截是玉石般莹润的嫩红新体,蜕衣瘦得那般拮据可怜,新体却是脱胎换骨样的肥美鲜嫩。我眼前的,是一只正在蜕变的斑衣蜡蝉,它正在完成若虫向成虫的过渡,而这过渡间的瞬息万变,竟这样难得的叫我撞见。它像是婴儿裹在襁褓中,肢体被束缚,仅借着腿脚与襁褓的摩擦力使劲,新体一点点褪出,腿爪一旦挣出,身体便可由自己主宰了,再需几分钟工夫,蜕衣与新体就彻底分离。乳白的身体,娇红不成形的翅,嫩黄的鼻管,墨染的两点眼……它以招人心疼的撼美与世间接轨,美得叫人不忍卒看,唯恐多看一眼,美就被摄了去、挟了去,有了缺憾。

还曾有一只刚褪完皮的椿象碰在我眼前,它藏身在草枝底下,旁边是皲成一团的蜕,它扒住草枝,怯生生露一双眼。它的触角已开始一段段着色了,但身体上还未显现椿象的各色斑块,一律嫩生生的米黄。

它,它,和它,还有它们。

真正的蜕变,完全不似文字里的描述那样安然静美。蜕变的过程是危机四伏的,蜕变的个体是任外物宰割的,蜕变的圆满总是与运气和隐蔽联系在一起的;所以,观察它们蜕变的过程,更多的是担忧。

机缘是什么?也简单。你未遇见它,是无心;我遇到了,因有心。

护　卵

　　描写过往的秋天时,我喜欢用"秋渐凉"这个句子,读起来短促,但感觉里似看到万物在凉风里慢慢瑟缩起来, 季节的刻度由隐约到清晰。可眼下的秋天,却不再适合用"渐凉"表现,季节的过渡被冷峻的巨手拦腰截断,那边是夏,这边是秋,分明得冷铮铮。就是在这样缺失过渡环节的秋里,活跃在小区各处的小生命蓦然哑声,前几日还直着嗓子喊个不休的蝉也沉默了,它们的萎靡让我寂寞,在草丛里窸窸窣窣走过去,不见有昆虫蓦然惊跳起来,也听不见那些"吱儿"、"唧唧"、"嘀嘀咕"的叫声。

　　但,没关系。生命有许多种运作方式,夏天,生命的表现形式是松软的、膨胀的,有许多空间和时间的缝隙可供你释放热情,甚至可以停驻下来放纵片刻,而秋天,它们要进入紧迫的轨道,该安排好的都得到位,任何一个环节都不可耽延,前面就是冬天,没有时间供它们消遣,因此,它们保持着沉默,脚底却加紧了步伐。

　　蜘蛛,是一样可怖的小动物,没有多少人对它有亲切的好感,可是,它们强大的母性却在我眼前形成一圈光晕。它们盘坐于网中心,犹如佛盘坐于莲花之间,是一样的圣洁和尊严。秋天,蜘蛛母亲个个腹部饱满,精力充沛,它们像即将迎战的将军一样充满使命感,捕食、织网,为产卵做着准备。产卵是一场战争,它们得争分夺秒地把仗打漂亮,最后胜败与否,其实跟蜘蛛母亲没有多大关系,因为它产完卵便死期临近。但是,卵袋里数以百计的小蜘蛛是它的战果,它要把卵袋织得巧夺天工,既能防御敌害又能抵挡严寒,卵袋有两层,卵便像蛋黄一样藏在最里层,小蜘蛛孵化后继续待在卵袋里完成一到两次蜕皮,而后,精于算计的蜘蛛母亲织的卵袋便会自动裂开,小家伙们从套间里走到客厅里休整,最后才走出大门,来到空明的天地之间。

蜘蛛母亲个个面目狰狞,但护卵的情状又个个叫人动情。2008年
5月12日大地震发生前, 一个人在办公室里发现一只小蜘蛛衔着比
自己还要大些的卵袋惶惶而行,他非常惊讶,为什么蜘蛛母亲不将卵
袋安放在哪个隐蔽角落并安心守护, 却要做这般吃力又冒风险的迁
移?他拿出相机,对着这只快速奔跑的小蜘蛛开始拍摄,正投入间,他
所在的楼开始像风吹大树一样摇撼。当他从大楼里逃出后,才蓦然悟
出缘由。在那场灾难中,我们看到多少母亲为了保护自己的孩子,用蜷
曲的身体拱起一点生存的空间, 还有多少母亲,在最紧要的关头决不
肯轻装逃生,必然要先携了自己的孩子。这种母性不只是人类才有啊!

　　所以,每当我看到砖牙下的、门角的、墙隙的、树杈间的、花树上
的,那些抱着、护着、拖着卵袋的长相可怕的小母亲时,总是心存敬畏。

斑蝥

让鲁迅先生感到意外的是,一个小女孩把他的"百草园"背得滚瓜烂熟后,就开始像寻宝一样,将他眼里看来寻常而她眼里看来神奇的生物,一样一样攻克掉。鸣蝉是一种喜欢直着嗓门大喊大叫的同翅目昆虫;黄蜂属膜翅目,生着苗条的细腰、刁钻狠辣的心肠;云雀都有着高昂悦耳的鸣声,跟百灵鸟同属一科;油蛉有个好听的俗名,叫金钟儿,还有些地方干脆叫它金琵琶,说明它的叫声似铃铛样清脆好听,属直翅目;蟋蟀跟油蛉同属一目,聊斋里有一篇文叫《促织》,指的就是它;蜈蚣是可怕的毒虫,有人叫它"钱串子"或"百足虫",是五毒里的一毒……可是,我一直没弄明白斑蝥的来历,几乎成了心病。

在《从百草园到三味书屋》里,鲁迅先生这样写斑蝥:"还有斑蝥,倘若用手指按住它的脊梁,便会拍的一声,从后窍喷出一阵烟雾。"先生没有谈及斑蝥的体貌颜色,他的描述先是让我想到磕头虫,用手指按住它胸腹间的合页处,便会听到"啪、啪"的弹动声,只是,磕头虫的跳高本领高强,却不会"喷出一阵烟雾"。后来,我又想到椿象,椿象是有名的放屁虫,但是,怕是没有人肯用手去按它的脊梁,而况,它的身体构造,也不会在按住后发出"啪"的响亮声。两样类似体都被推翻,我无从下手。

接连几个夏天,我都在一些菊科植物或野花上发现一种中型甲壳虫,橘红色鞘翅,上面布有黑色斑点。它的胃口很好,而且取食选择很有审美性,它喜欢食用花朵,尤其喜欢鲜明的黄色,咀嚼器一定非常发达,一朵直径两厘米的花朵,它抱入怀中不出一分钟就吃光了,这种饕餮的特性使得它黑色的小脑袋看起来又滑稽又可恶。有一回,我在拍它的时候实在是靠得太近了,镜头无意间抵住了它的脊背,它受到惊吓,只听得"啪"的一声响,像是凭空里炸了个微型手雷,一股硫磺味儿

　　接连几个夏天,我都在一些菊科植物或野花上发现一样中型甲壳虫,橘红色鞘翅,上面布有黑色斑点。它的胃口很好,而且取食选择很有审美性,它喜欢食用花朵,尤其喜欢鲜明的黄色,咀嚼器一定非常发达,一朵直径两厘米的花朵,它抱入怀中不出一分钟就吃光了,这种饕餮的特性使得它黑色的小脑袋看起来又滑稽又可恶。

的臭气扑来,我忙不迭地闪开,而那只漂亮的甲壳虫哗哗地打开鞘翅和内翅飞走了。

那一刹那,我眼前似闪过一道亮光,光线将百草园里的斑蝥罩在正中。

我赶忙去一家昆虫网站上翻看鞘翅目昆虫的所有图片,终于找到了它——黄黑花芫菁,它的俗名就叫做——斑蝥。而这样儿昆虫,在中医里竟很有名气,它们体内的斑蝥素具有很好的抗癌疗效,于是人类大量收购这种昆虫来制造抗癌药物。在一家网站我看到一张图片,一些干硬的斑蝥拢翅缩头地蜷曲着,暗淡了无生气,跟我拍下的精神饱满的饕餮之徒迥异。原来,鲁迅先生笔下的童年小玩物,终究还是人类的牺牲品。

气 场

　　我始终以为,生命体之间是有气场存在的,无论是人与人之间的相融或排斥,还是人与另外生命之间的关系,气场既无形又强力,像个漩涡,要么内旋将你拖进中心去,要么外旋将你推在外围。你一定有这样的经验,某些人仅是初识,但搭眼一见就觉得可亲,举手投足尽可放松自如,看书赏画手挨手头挤头也不觉唐突;但某些人就不同,一见就森气袭人,仿佛有一股气流拒你在几尺开外不得近身,即使挨近讲话谈笑,也觉得彼此气息东抵西挡不能相融。在我这里,就极计较气场与气息的投合与否,或许因我敏感之故吧。

　　因此,我常教导我家小儿说,若见大狗,万不可紧张和敌意,要放松精神,尽量平心静气地走过去;接近蜂箱也是一样道理,不可心怀叵测,不必有防身之图,更不必胆怯心惊,坦荡荡走近就可以了。人与物,尽管无法借语言交流,却可靠气场相通,你内心的情绪变化会形成一个磁场,磁波一圈圈漾出去,周遭的人或物多少会受到这波纹的影响。幼时生活的农场里有马厩,内有褐红马一匹,性子极烈,几个自诩驭马有术的人都降它不下,不想场里有八旬老人,轻松松便让烈马服帖下来,甚至跪将下来叫老人骑。老人离去时留话说:"为何要有降它之心?"后来我方悟得,老人是高人!驭马之人起初就错了,错在要"降"马,一起降心,就像晴明的天地间无端冒起一股龙卷风,这样的气场怎能叫烈马安顺下来呢?

　　我与兄长一同长大,他怕蜂,我可不怕。每遇见蜂窝,他必然抱头往草丛里扎,而我尽可放心接近,蜂窝端的就在眼前,嗡嗡飞将的蜂群视我如不见,照常来往忙碌。那时,家里养了几箱蜜蜂,我日日盘桓在蜂箱前面,恨不能扒住小小的蜂箱口窥探箱中盛景,看不见时,干脆找来手电筒照进去,吓得兄长远远逃去,可是,蜂仍是不蜇我。有几日,蜂

　　夏天去乡下,在河边一片荒草地里,看见一株草秆下方吊金钟一般吊着一只蜂巢,很小,像牛皮纸做的,一只黄蜂趴在钟顶紧紧盯住我。旁边人都惊叫着让我躲开,我跪下,把脑袋俯下去,跟它平行,它狰狞的小面孔很清晰,像浮雕要碰到鼻尖上。

箱前总有大黄蜂来犯，偷吃蜂蜜不说，还让个个蜂箱前蜂尸遍野，我拿了苍蝇拍守在箱前，来一个拍晕一个，那一刻蜂箱前照样乱成一团，小女孩儿拿着拍子乱舞，大黄蜂时高时低寻找机会，护卫家园的战蜂上下盘旋，乱将一片满眼蜂，可终究没有哪个来蜇我一下。倒是畏畏缩缩加入进来帮忙的兄长，没等拍子挥起来，就被蜜蜂当成敌人给蜇了一下，他只好丢下拍子窜去。我后来想，哥哥总被蜂蜇，就是因个"怕"字，一怕，就不坦然，就畏缩，这气息也招引得蜂群慌乱，忙不迭地出击，所以，平定的气场相当重要。

可是，我也有失算的时候。前几天，小区物业拆卸维修设施，将管线上挂的几只吊钟样的小马蜂窝给端掉了，失去家园的几只马蜂潜伏在暗处伺机报复，有无辜走路人好端端被蜇了两下，我又路过，也未逃过被袭的厄运，连蜇三下。蜇我的马蜂个头不大，从体色上看不像是老辣的成年黄蜂，但它真像发狂了一般，落到我手腕上蜷起腹尾便刺，被我惶惶甩落又飞将起来落定再刺……

小黄蜂的行为对我的经验是个直接的打击，我犹记夏天去乡下，在河边一片荒草地里，看见一株草秆下方吊金钟一般吊着一只蜂巢，很小，像牛皮纸做的，一只黄蜂趴在钟顶紧紧盯住我。旁边人都惊叫着让我躲开。我跪下，把脑袋俯下去，跟它平行，它狰狞的小面孔很清晰，像浮雕要碰到鼻尖上。我拿出相机拍它，只有一厘米的距离，它不动，只是紧盯住我。

可这回，它的同族出击了，我成了被袭对象。可我没怪它，它一定是被人类气疯了，乱了气场，只剩下决绝的要报仇的决心！

豆 娘

　　幼时无知,常常赶着小豆娘唤蜻蜓,并想当然的,认定那纤弱的豆娘定是"女蜻蜓"。至于真正的蜻蜓,我们看着它面目凶恶,便将之界定为"男蜻蜓"了。我们用男女蜻蜓玩女嫁郎的游戏,一群野孩子在河边水田埂上疯跑一圈儿,人人手里多了小飞虫,于是凑在一起比对,若恰有女孩子捉了"女蜻蜓",而男孩子又恰巧捉了"男蜻蜓"的,便成了天定的姻缘,先交换手里呆嘟嘟的飞虫,而后男女孩子各上各"轿",这轿子自然也是力气大的孩子腕腕相握而成的,一番游逛逗闹之后,将那定情之物在河边放生……有一回,我竟也逮到了豆娘,但可憾的是,捉到蜻蜓的是院子里一黑瘦的小男孩,不喜说话,又极拘谨胆小,是我极不喜欢的,可既是游戏,又事先讲好姻缘天定,再不情愿也只好上了"轿",但在游戏结束放生互换的飞虫信物时,我就暗暗使了坏,先将手里的"女蜻蜓"豆娘捏死了,再将小男孩递过来的"男蜻蜓"也捏死了……孩子无知,连游戏也较真,那一对男女蜻蜓,只好成为莫须有姻缘的殉葬品。

　　我们那时可真是乱点鸳鸯谱,因为豆娘和蜻蜓实在是两码子事儿。

　　虽说豆娘和蜻蜓是近亲,同属蜻蜓目,但豆娘是均翅亚目,前后翅膀几乎是一般大小,蜻蜓却是差翅亚目,前后翅有明显的大小之分。但这不是最明显的区别,要想直截了当地分清楚它们,看它们停栖的方式就可以了:蜻蜓虽精巧,但来势迅猛,分明是划破长空的滑翔机,即使歇于草尖花顶,也是翅膀平展,做出即刻起飞的待命之态;豆娘则不然,芳草萋萋,佳人依依,它像被风吹起的花瓣一般,是袅袅婷婷随风欲去的娇怯态度,栖在梢头了,双翅紧拢在背,似要安然入定再不肯飞去……再看它俩的面目,都是一对大复眼占据了脑袋的全部,可蜻蜓的大眼像两顶钢盔斜扣在一起,几乎要挨在一块儿,煞是凶恶;而豆娘的大眼却是杠子两头挑了彩铃铛,因为眼睛间距远,状如哑铃,看起来竟有些天真的无辜样。它俩的躯体也有区别,蜻蜓的腹长而粗扁,豆娘的腹长而细圆……不论怎么看,豆娘都占了形貌上的先天优势。

幼时,我不大喜欢蜻蜓,只因有一回亲见伙伴逮了苍蝇喂到蜻蜓跟前,蜻蜓立马抱了苍蝇,小脑袋上豁然裂开三角的巨口,几口就将苍蝇吞进去了,看得我瞠目结舌。打那以后,我是不大敢伸手捉蜻蜓的,怕的就是那张大口,似乎那颈子180度一转,就会将手指一口吞进去。豆娘也是临水而居,夏季在小河边的麦田和稻田里,四处可见它们纤秀的身形,我见到的豆娘绿铜色的居多,身子闪着金属的光泽,铃铛样的眼乌黑明亮,纤纤细翅似在风中把持不了平衡似的,飞得歪歪斜斜娇娇弱弱。一回,偶在水面上拣得一只刚刚死去的豆娘,细棍样的腹被水浸湿了,翅也粘在一起,唯有那一对眼,虽失了光泽,却是懵懂的黑,一样招人怜爱。我将它摆在草叶上,它瞪着懵懂的眼望我,似有穿透人心的力量。

长大后,才知道自己是受了豆娘长相的蒙蔽,这纤弱的小东西,竟跟蜻蜓一样,也是食肉主义者,只因不善飞,只能在水边的草间寻觅些个头小活动能力弱的蚜虫、飞虱、小蚊蝇等。它俩的稚虫都叫水虿,乍看也像双胞胎,都居心叵测地戴着面罩,在水底有些横行霸道的倾向,连小鱼儿也敢袭击一回吃掉。不过豆娘的构造似乎要复杂些,腹末生有三片尾鳃,开合间产生一股推动力,身躯就向前蹿出一截子了。想象一下,似乎可见豆娘水虿借着尾鳃的开合猛蹿向前扑食的模样,真够惊险的。

不过,我至今也未亲见纤纤豆娘吃东西的模样,想来必定也是凶恶的。可是,不见也罢,凡事,总要留些余地和念想的!

搅 局

进入夏季,只要见着波静纹淡的沼泽、水池、泉眼,多半可以看见一种生着六条细竹枝样的长脚昆虫在水面上窜来窜去,它们的姿势不像是游泳高手在水中玩弄花样,个个身不沾水,如履平地,水面不过是镜子,它们是边欣赏自己的影姿边在镜面上滑步罢了。

小孩子都叫它水蜘蛛,却也叫得恰当,因为蛛形纲中确有一种长腿盲蛛,那划拉着长腿长脚在墙面上惶惶而行的模样,跟这位水面上挥洒自如的花样滑冰选手着实相像。不过,细看,区别还是挺大的,盲蛛的肚腹饱满若褐色小豆,而被称作水蜘蛛的这位,却是身形瘦长,很伶俐的样子。所以,盲蛛走得再快,也看着莽撞,而水蜘蛛,却走得纯熟而有技巧。它真正的名字,应叫水黾。

城外湫沟里有个人为的大水塘,里面养着些鱼,是供城里人周末闲钓的。这水塘借着湫沟原本的姿色,倒也是矮山夹衬,垂柳掩映,清风习习。这水塘里的水黾异常活跃,可能因着是活水,再加上正当季,水黾们在水塘边缘处你追我撵,求偶和繁衍,两不耽误,又紧锣密鼓。

留点心你就会发现,水面上有好几对两两交撵的水黾,大的是雌性,虽负重却依旧轻盈,毫不费力地继续在水上溜冰,小个头的雄性水黾牢牢地趴在意中人身上,一副全神贯注的样子。有一对交尾的情侣在水中碰到一根漂浮的柳枝,似乎感觉此处可依托,雌性水黾即刻停止游荡,附在柳枝上不动,雄性的那只显然对情人的专注感到满意,更加集中精力。可惜,好景不长,水面上四处都是急不可耐但又寻不到伴侣的水黾光棍,它们眼见着人家成就好事,哪里肯善罢甘休,瞅准目标便冲刺一般冲将过去,企图将正入境的情敌掀翻一旁。可怜刚享受了片刻欢娱的水黾情侣,被冲撞得险些分开,好在那情郎身健体壮,反应灵敏,迅速赶跑了那搅局的无赖,重整旗鼓,再入佳境去了。

蹲在塘边观察良久,好笑,还无奈。水黾光棍比比皆是,而能够成双入对的却是少数!水黾情侣们于光天化日之下公然交尾,光棍水黾情何以堪?原来并非是水黾小姐情愿背着郎君四处乱窜,而是要不断躲避这心怀不轨的搅局者呀!却也可怜,姑娘们一旦交尾完毕就成了母亲,自去水边寻找细枝嫩叶产卵,产卵完毕便死期不远。唉,你看水面上乱纷纷追追撵撵冲冲撞撞的场景,这边的热闹映衬着那边的凄凉,繁衍与死亡衔接紧密,真个是险象环生,叫人凭捏一把汗!

　　比对一番,还是庆幸做人吧,至少欢娱处尚有一屋檐,一床榻,还有一段接一段的时光啊!

天籁

天　牛

　　去未央湖公园的那天,天地晴明,阳光通透,树叶绿得要出油,未央湖水静澈清幽。我们在湖边走,湖边栽一溜排的杨柳,柔媚的枝条不时拂过面颊,真个是杨柳依依的情状。树下不时跌下昆虫,都是鞘翅目的,落地邦邦响,一触地面就团成一团不动。俯身去看,这些昆虫不外乎两种,星天牛和金龟子,星天牛黑鞘翅上有白点,触角如鞭,甚为壮硕,而金龟子多是绿金色,漂亮是漂亮,但胆子极小,只管没眉没眼的装死,一装就是好半天,任你一再逗引,总不见要醒过来的迹象,这样一来,金龟子就无趣了。

　　倒是那好斗争胜的星天牛,一派不逃走不罢休的架势,从陷入桎梏的第一刻开始,就开始屡败屡战。用草枝子逗弄它,但见它张开强壮的上颚一口将叶子夹住了,由叶子发端处开始咬起,节节进逼,一会儿便在身后留残叶数节,它那架势倒是吓得拿叶子戏弄它的人先自丢了手;将它架在木棍上,它急急行至棍头四下里探望,走投无路了,抬眼恶狠狠地跟你对视,毫不妥协的样子;将它放到石台子上,我蹲在下面给它摄影留念,它倒是很会作秀,傲然甩甩触角,觉得尚不够酷,便用前爪将一根触角压下来捋一把,一副挑衅的姿态;把它跟金龟子装在瓶子里,吓昏头的金龟子依然团缩不动,它却急了,速速在瓶内上下左右探索一圈,很快找到小小的瓶口,趴在那里往外打量一阵便试着向外爬……

　　它真是迷住我了,很想将它带回去送给孩子,但朋友不情愿。他是搞林业的,把昆虫分成两大类,一类益虫一类害虫,他说天牛是害虫,你不是想叫你家小区里的杨柳树遭殃吧。我不以为然,它为害树木不过是为着生存,若人类能给它适合的口粮,它未必愿意与人为敌。在我眼里,它就是不屈的斗士,是处变不惊的将军。

蜕　变

　　清晨,带儿子爬山,半山腰上,在一棵椿树下小憩,突听啪嗒一声响,似有什么东西由眼前落下,不等细看,儿子已然大叫:"妈妈,这棵树吐唾沫了,吐了一个花苞!"我们俯身仔细察看这枚花苞——半截嫩红如玉,半截橘黑相间,还有几只近乎透明的脚爪被紧束着,像是正尴尬尬尬尬褪下紧身衣的舞女……原来,这是正蜕皮的斑衣蜡蝉呢。

　　只见落地的斑衣蜡蝉拖着半截皱巴巴的黑裙子挣扎着翻身仰过来,六条腿还掖在裙腰里抽不出来,身子绷得直直的,无处借力,只能依靠腹部的力量,每间隔十来秒,腹部就用力拱起一次,腿脚也挣出一点点。这样的过程大约持续了十来分钟,它终于挣出了四条腿。第五条腿挣脱似乎要容易些,但是,第六条腿却不知出了什么问题,挣扎了近一个小时还是无法从旧体中脱身。它很焦急,也或许是气力快要使尽了,现在的挣扎已经不像起初那么有规律和冷静,隔一会儿几条自由的腿脚就胡乱划拉一阵子,但无济于事,黑裙子皱得不成样子,跟新体只粘连的那么一丁点儿,却无法摆脱。

　　儿子看得焦急,强烈建议我帮它一把。但根据书上得来的经验,这些小东西在蜕皮时是极为脆弱的,特别容易受伤害,假若我用力不当,或许会将它推进死境,所以,我百般迟疑。最后,见那新体实在无能为力,而且气息渐弱,终于决定冒险帮它一把,用了柔软的餐巾纸不断拨拉第六条腿和旧体的连合处,最后索性使力把旧体按住,让它自己设法用力。它倒是聪明,马上打起精神,用力向前爬了一步,新体终于脱离了旧体的束缚,爬开了。而令人惊讶的是,在短短两个小时过程中,它的腿爪竟由最初发现时的乳白色,变成灰色,又变得近乎发黑,看起来越来越健壮。生命的体征令人敬畏啊!

　　我用小草枝将蜕变成功的斑衣蜡蝉挑到靠近椿树的草棵子上去,

它的悬吊技法相当娴熟，一下就挂在那里了，有模有样呢。而它附近，竟也趴着一只已经蜕皮成功的小家伙。资料显示，斑衣蜡蝉从若虫到成虫，要经历四次蜕皮的过程。我们帮过的那只，翅膀似乎要羽化完全了，该是四龄若虫，而它附近的那只小的，应当是它的小弟小妹了。

我们安静地走开，满怀着对它的祝福，我相信，不久之后，它将展开那美丽的翅膀。

蜣 螂

　　蜣螂一定打心眼儿里愿意时光倒流几千年的。

　　当古埃及农夫在农田里看到一只黑甲虫倒推着圆粪球急急前去的时候,他们内心一定产生了难以形容的惊惧和敬畏。那是一个处处充斥迷信的时代,任何不可理喻的事物都可以被赋予神奇的力量,他们把粪球跟地球的形状联系起来,并产生一个大胆的设想,在遥远的地球之外,有一只叫克罗斯特的巨大蜣螂在用后腿无休止地转动地球。这样一来,蜣螂就被神化了,它成了可以辟邪化魔的圣物,成了吉祥的护符,它的形象被上升到图腾的高度。

　　再追溯到中国古代,李时珍也对蜣螂有详尽生动的描述,他说蜣螂能"转丸、弄丸,俗呼推车客",又说它们"深目高鼻,状如羌胡,背负黑甲,状如武士,故有蜣螂、将军之称",还说它"昼伏夜出,故又名夜游将军"。《本草纲目》对蜣螂的描述文雅地避开了粪土屎溺类的不洁字眼,给人们留下了"会转丸的将军"这样一个正面形象。

　　可蜣螂在现代却没得到什么好处,尽管人们将它归到益虫之列,并冠名以"自然清道夫"的美誉,但是,绝大多数人会直接唤它"屎壳郎",连教给小孩子玩唱的儿歌里也对它颇有厌弃之意。儿歌里唱:小麻雀,尾巴长,娶了媳妇忘了娘,把娘背到山沟里,媳妇背到炕头上,擀白饼,卷白糖,媳妇媳妇你先尝,我上山上看老娘,老娘变成"屎壳郎"。唱完歌谣的小儿问老祖母:为什么要把老娘变成屎壳郎呢?祖母说:娘老了,干不动活了,儿子不要了,要让她睡黑糊糊的屋子、穿黑糊糊的衣服、吃黑糊糊的饭食,不就跟屎壳郎一个样儿?

　　若不是在读《昆虫记》的过程中,发现法布尔竟在第五卷用了多半本书的页码充满感情地谈论蜣螂,我是无法改变自己对蜣螂的成见的。自小我就知道它很脏,它永远与粪土为伍,它天生就是个没出息

的。可是,法布尔深情地描述蜣螂的粪球、幼虫、蛹和羽化、筑巢、产卵、母爱、造型术等,他赋予了蜣螂真正的荣耀。

我国古书《尔雅翼》(宋代罗愿著)中曾记载,"蜣螂转丸,一前行以后足曳之,一自后而推致之,乃坎地纳九,不数日有小蜣螂自其中出"。瞧,宋人罗愿与法布尔都是真正体恤蜣螂的,他们通过仔细的观察,知道蜣螂是昆虫中母爱的典范。大多昆虫只管产卵,至于卵中小儿如何求生,那要靠自己天赋的本能与造化了。但蜣螂不同,它早早就为未出生的孩子预设好一切,将卵产于粪球之内,幼虫出世后不用东奔西跑便可衣食无忧。了解了这些,再看见蜣螂夫妻一前一后卖力地滚动粪球的样子,便会生出敬意了。

何况,当蜣螂离开工地的时候,它竟也是相当注意卫生和装扮的。你一定曾在路上遇到过身着铮亮漆黑甲衣的蜣螂,它身上没有一丝一毫的污迹,即使它打开的鞘翅缝隙里,或者触角鳃叶里,都非常洁净,叫你很难想象它是如何将自己打扫干净的。在我书房的架板上,有一只死去的蜣螂站在法布尔的《昆虫记》前面,它额前顶着一枚尖锐的犄角,浑身油亮……看着它,我想起它的另外一个名字——圣甲虫!

那如胶似漆的……

　　曾经为两只蜗牛构想过一个忧伤的爱情故事。他蜗牛心中充满关于冒险的疯狂梦想,希望自己周游世界,有朝一日爬上喜马拉雅之巅;她蜗牛胆小娇弱,总是安详地陪在他身边,默默无语地听着他策划一次次危险的旅行。有一天,他决定启程,她竭力想说服他打消疯狂的念头,但未果。他和她在火车站台旁边告别,她的乞求和泪水都无法动摇他的决心,只能看着他一寸寸爬上一节车厢。在火车的铁皮上,他像一团蠕动的水渍。

　　最后的结局是:他蜗牛在火车启动后的震荡和呼啸里充满恐惧,他在下一个小站火车停靠时松开腹足的胶着,脱身滚落到路边。而她蜗牛,被爱情和思念激荡着,在最后一节车厢经过时,义无返顾地冒着被碾成粉末的危险爬了上去。她在滚烫的铁皮上一寸寸行进,朝着车头的方向,她相信,她的爱人正在那里勇敢地攀缘。恶毒的阳光一点点蒸发她体内的水分,滚烫的铁皮也不断吸纳她身体里的黏液,她越来越干涸瘦小,终于爬不动了……而他,正在一列又一列火车驶过的疾风中返回,他想,他依然是最伟大、最勇敢的蜗牛,没有谁能像他一样爬上火车……冒险告一段落,剩下的,应当是爱情。

　　这个故事的灵感不是无端而来,因为我曾经捉了两只蜗牛放在玻璃器皿里观察。它们是在绿篱那里被我发现的,在绿篱密密丫丫的枝刺里,缀着许多蜗牛的壳,大大小小的,像虫茧。我不认为它们在那里能找到多么丰富的食物,刺篱的叶子对蜗牛来说太尖锐,也不够细嫩。所以,当它们俩来到玻璃容器里被新鲜菜叶包围的时候,马上就从流离失所的恐慌中安定下来,并进行了一场漫长的饕餮大餐。它们的胃口出奇地好,不间断地吃,不间断地排泄,绕开叶茎,菜叶被吃出一个又一个豁口。大多时间,它俩都做出互不相干的姿态,偶尔在同一片菜叶上相逢,也不打招呼,只是不间断地进食。它俩无情无义的表现让我失望,我原本以为它们会在陌生的地方生出相依为命的交情,可是,它们在充足的食物中间,完全忘记了家园。

于是,我试着制造一起饥饿危机。我将器皿里残余的菜叶拿走,连叶茎也没有剩下,只剩下它俩待在空荡荡的器皿里,茫然四望,顶在触角顶上的眼睛伸出好长。它们终于开始意识到伙伴的存在,一起爬上爬下,凑在一起触角交结,一点一碰,像在商议。每天早上,我都会看见它俩沾在器皿顶盖底部休憩,相偎相依。我用指关节弹一下盖子,它俩警觉地伸缩触角,并一起松开腹足,跌落在器皿底部。

我想,它俩已经在患难中结下了牢不可摧的友情,甚至有可能地久天长。我招待它们吃过最后一顿大餐后,将它俩粘附在阳台外面的砖墙上,我想观察它们的方向感以及地心引力对身在高处的蜗牛产生多大的作用,最主要的是,我还想看见它俩在回归天籁之后依然能够相依为命。可是,结果让人悲伤。它俩在短暂的犹豫和停顿之后,迅速选择了各自的方向,一个朝上,一个朝下。朝上的蜗牛攀缘一段之后,我担心它步入死路,一再用草叶干扰它的选择,迫使它改变方向,然而,在片刻偏离之后,它依然执拗地向上而去了。终于,它俩离得越来越远,一个将最终寻到一片丰茂的草坪,另一个将在寸草不生的楼顶干涸而死。

我不大能接受这样无情的现实,肉体可以死亡,但情感不能干涸。所以,我宁可编撰一个故事,让自己相信它俩不是毫无牵挂地分手,而是因为梦想不同而离别……

可实际上,蜗牛的世界一点儿都不浪漫,它们之间甚至不可能有爱情的苗头产生,因为,蜗牛是雌雄一体,没有他,也没有她,或者说,一只蜗牛既是他,又是她。那么,蜗牛与蜗牛之间根本没有性的吸引,一只蜗牛身上,既生有阳器恋矢,又生有阴器生殖孔,它们只需要在繁殖季节相互合作,两只蜗牛抱拢,用恋矢在对方生殖孔里相互抽插,然后又在对方生殖孔里射精,结束后各自选合适的地方产卵。

这样的情形是奇异的。印象中,除了人类在性交时多选择面面相

对的姿势之外，其他生物似乎都是面背交接的体式。而蜗牛，这种没有筋骨的软体动物，雌雄一体的两性妖姬，竟然跟人类一样，在合作繁衍的过程中面面相对，交颈相嬉。

起初，我一直不肯把蜗牛与蜗牛之间的交合称之为性交或者做爱，我顽固地将之称为合作繁衍。我不认为它们在合作的过程中会有愉悦感产生，而况，它们相交的前提原本就错了，不是吸引，仅是繁衍的需要。所以，它们的合作行为就像是互相帮助一样，你帮了我，我也帮了你，很对等的交换。

可是，有一天，我在靠近绿篱那潮湿的草丛里趴了两个多小时，亲眼目睹了一场惊心动魄的"蜗爱"。两只蜗牛相逢，八只触角伸伸缩缩触触点点，左右交颈面颊轻碰，片刻之后，它俩面目相接，腹足抬起接合，相互依附攀升。这是怎样的攀升呀！胶合样的攀升，水乳交融的攀升，严丝合缝的攀升，如胶似漆的攀升……它们巨大的腹足完全黏合在一起，不分彼此……在高等生物人类当中，或者比蜗牛智商要高的其他生物种群中，还有像这样浑然一体的交合吗？

前不久，看了一部关于同性恋的片子《春光乍泄》，影片中有两次出现瀑布磅礴的水雾和巨大的漩涡，不断涌动，又不断吞吐，有背景音乐响起，第一次是男声歌唱，后一次，只有席卷了忧伤的音乐和瀑声，没有人声。这两段瀑布的景象犹如影片的注脚，或者，是对同性恋情的一种诠释。画面里，是涌动的水卷，是喷薄的水雾，他们太相似了，爱着对方就像爱着自己一样，不需要探索就洞察对方身体的需要，水与雾的交合，就像一场异体的自慰。看过这部片子，我突然能理解从前所不齿的恋情了。他们就跟蜗牛一样，熟知对方身体的秘密，省却了对异性身体的探索，直接交融在一起……谁能否认，那就不是因为爱呢？

我相信，两只蜗牛，那如胶似漆的攀升，必然蕴藏着巨大的欢乐。

陷落,而后飞翔

沉陷的滋味是什么样的?

不断地制造沉陷是一种怎样的体验?

自己陷落,而后连带着他人一起陷落,这又是如何地充满玄机?

陷落的终极目标是什么? 是跌入黑洞,还是鼓翅飞翔?

这是我,一个书写者的秘密。并且,我正在为自己渐渐明了这个谜底而窃喜。在同类中,我的知己不多,很多人被我天真温和的外表迷惑,而我,也乐于做一个称心称意的伶人,时不时地舒一回广袖,抡起的波光将可洞穿的目光隔绝在外围。但,这并不意味着,我无法将体察谜底的快意跟外物分享,毕竟,在庞大的生命空间里,没有同类,还有异类。至少,我此刻就拥有一个分享谜底的朋友。它,是一种不起眼的昆虫——地牯牛。

多年前,几床棉被将发高烧的我拥坐在石窑里的土炕上,我额头滚烫,眼前不时闪耀金银色的莲花。我感到寒冷,石窑顶上不大平整的大块石头冷眼观望着我,牙缝里冒着丝丝寒气。我的身体似乎被悬空了,悬在地面和窑顶之间一个很不恰当的高度上。我打着冷战,四肢生出蝙蝠样的膜翅,振动得呼呼风响,却找不到着陆的地点。我推开被子,趔趄着下炕,推开门——被群岭拦绕出的一块天幕刹那间撕裂了一个大口子,炽热银亮的阳光哗啦啦泼下来,我蓦然间被包裹在明亮温暖的拥抱之中,侵犯我的寒冷终于碰到了强大的对手。前方的篱笆门里就是我家的菜园子,地面和粉尘都被晒得白光光的,番茄橘红的表皮上蹦着火星,黄瓜虚怯地藏在叶子后面,乌鸦噤了声,所有的人都悄无声息地做事。我跪倒在茄子和番茄之间,膝盖瞬间接上了暖烫的地气,我畅快地叹息着,把仍然发抖的小身子整个贴在滚烫的土地上。

我的脸旁边，是一小片土末均匀平整的沙土地，上面布满小小的土窝，像是用手指耐心而轻巧地按出来的，又像是小孩子鼓着花骨朵的唇一个个吹出来的。它们是那样柔和匀称，宛如沙土也能像清水般抖出漩涡。孩子们都知道那是什么，我当然也知道。那是一只或者几只地牯牛正在做陷落的游戏。它现在正躲在土窝底部的沙土下面，小心翼翼地窥伺和倾听着。我用食指在另一只手的手心里轻快划动，发出嚓嚓嚓的声响，我轻声唱："地牯牛，地牯牛，请你妈妈吃喜酒。"我又唱："地牯牛，快出来，给你做双绣花鞋。"土窝底部的沙土轻轻动了起来，很快，一个灰头土脑的小东西钻了出来，它那一对大颚像一对犄角一样煞有介事地晃着。但它很快发现自己上了当，一纵身重新拱进沙土里去，拱出的小窝儿霎时平复了。

　　我又拈来一只路过的小蚂蚁，将它放在土窝的边缘上。小蚂蚁惊慌失措地张望和爬动，虚泛的粉尘在它细小的脚爪下顺着土窝倾斜的表面滑下。藏匿着的地牯牛迅速拱出身来，毫不迟疑地甩动大颚将底部的粉尘向上扬去。可怜的小蚂蚁脚下的沙土迅速变成流沙，无论它怎样向上爬动，都无法抵御沙土下滑的惯性。地牯牛快意地甩动大颚，它迷醉于自己关于漩涡的创意，这个它亲手制造的漂亮的小漏斗，瞬间成为风云迭起的陷阱，让迷失的昆虫不能自拔地陷落。最后，小蚂蚁沉陷到土窝底部，被地牯牛拽进沙土深处，消失了。

　　我用小棍拨拉着那个小土窝，很快将这个以制造陷阱谋生的小食肉昆虫从沙土里甄别出来。它若无其事地装死，想象着自己变身为小土块的乔装游戏被它玩得天衣无缝。我把它放在眼前白光光硬板板的地面上，耐心地晒着自己逐渐回暖的小身子。地牯牛也很有耐心，它缩成一团，连一丝细微的颤动都没有。十来分钟以后，它才狡猾地伸伸腿爪，保持静止片刻，猛然惊醒一般地倒退而去。这个小东西以惊恐的姿态退走，然后找到一片松软的沙土迅速拱身进去，我惊讶地望着它，心里竟有了一丝触痛的感觉。

　　地牯牛从来都是倒退着行走，从不正面前行，连拱身到沙土中的一瞬间，它也不会先把脑袋钻进去，它还是倒退着，保持着谨慎和戒备的姿态。可惜，我身为人类，无法选择超出常理的行走方式，否则，我真

天籁

的愿意像地牯牛一样,身后的不可知完全在目力以内,谨慎但放心地退走。幼年时,怕鬼,怕黑暗,怕身后无法看到的那一片不能把握的空白。一个人走路,总是要竭力克制着猛然回头看一眼的恐惧,惊慌但又装作镇静地急走。对地牯牛而言,它的前面就是后面,它的后面就是前面,就是这样一个转身,世界就发生了变化。

多年后,我成了一个由衷的书写者。当有一天,我突然发觉自己对眼前的事总是漫不经心,但却对身后的事心怀恐惧、玩味不止时,我想起了童年的地牯牛,我打心底里渴望成为一只地牯牛。退走的姿态,卑怯、谨慎,叫人怜惜;终点上,有一些可以退藏进去的沙尘;让身体的颜色跟土地浑然一体,混迹在土粒里安然藏身;意外的时候,在青天白日下做装死的游戏,从容得跟一个高明的伶人一样;藏身的蜗居简单特别,在土中一样进行水里的艺术玩味;在松软的沙土上不断旋转身体,即使是陷阱,也要从容优雅地制作;每到一处,都有叹息一般柔和轻悄的涡迹。每当书写,自己就沉陷进一个巨大的黑洞,文字成了魔魅,叫人不管不顾陷身进去,然后,我挥动快意的大颚,让洞壁成为流沙,让路过的无辜者成为猎物。自己沉陷,连带着别人一起沉陷,这本是地牯牛的游戏,可现在,我也成为这个游戏的钟情者。

其实,地牯牛还有一个很像样的名字:蚁狮。这名字,像样但滑稽,颇有虚张声势的感觉。究竟是"像蚁一样的狮",还是"蚁类中的雄狮"?然而,窃笑完了,却又有了惺惺相惜的相知。我也不过是一个柔弱的书写者啊,总是要耽迷在文字中间,试图让文字成为利器,像蚁狮的大颚一样,呈现出一些凶恶威吓的颜色来。说到底,我跟它一样,不过是个装腔作势者吧!

可是,地牯牛并不永远与沙土为伍。地牯牛是蚁蛉的幼虫,终有一天,它会生出透明而硕大的翅膀,在草间轻盈地飞舞。蚁蛉的样貌跟蜻蜓颇为相似,体态细长轻巧,翅膀阔大,区别在于,蚁蛉头上生有两根长长的触角,而蜻蜓没有。蚁蛉是村姑,蜻蜓是贵妇;蚁蛉与草野为伴,蜻蜓与清水为伍。对我而言,我不介意它们有什么区别,我只想,让灵魂插上翅膀飞翔在清朗的高空。

是的,只要能生出翅膀,为什么还要在意,她是蚁蛉还是蜻蜓呢?

毒　物

1

　　我窥见她的时候，她正藏身在三枚树叶之间。她大概是用了过多的时间来修饰身体上的花纹，金黄做底，白色的脸谱用粗粗细细的黑边勾勒。图案是精心设计过的，有山羊的头骨，蛇的套环骨节，骷髅的幻象，豹纹，腹底还有橘红色的两枚利齿图纹。甚至连腿脚上也一段段着了色，棕红色的，褐黑色的，乳白色的。既然用了太多的气力在躯体上，那么，用以藏身的巢窠只能草草将就，随便拉来三枚树叶用丝网略略裹缠一下，没有一处是严丝合缝的，不管从哪个方向都能窥见她斑斓的身子。

　　事实上，我当时并没有被撞进眼里的绚丽蛊惑，相反，我被吓住了，而且是狠狠地惊了一跳，条件反射样噔噔噔后退了好几步。我意识到自己发现的是一个异类，她不仅迥异于人，而且迥异于她同族中任何一个种群。因此，我突如其来的恐惧是不无道理的。经验中，暗淡纯一的色彩是人类的安全色，可以接近，可以侵略；艳丽多姿的色彩是人类的危险色，必须提防，必须拒绝。藏身在树叶之间的她就是一个异类，一个色彩鲜艳、图案斑驳的异类，我确信，她绝对是一个毒物。

　　毒物之魅比毒物之毒更具力量，就像好男人往往在对坏女人口诛笔伐之后窃窃间心存幻想一样。若眼前的毒物只有万分之一的可能不攻击人类，那么，我就会极侥幸地将自己归到这万分之一的概率之中。好奇打败了恐惧，如此饱满、新鲜、艳丽的躯体盘缩在三枚树叶之间。她一定早已察觉到了来自叶障之外的目光，可是，她甚至没有勇气露出眼睛偷觑一下，仅仅是尽力团缩着身体，把腿脚缩拢回去。那寒酸飘摇的叶房终于显出尴尬了,上上下下的缝隙里,都是外来的,异于她类的,我的,目光。

当时,我有点讶异于我在她面前表现出的强烈的好奇心和占有欲。若要追溯我生命中掠过的毒物的历史,她的同族,应当是浮雕一样不可磨灭的一笔。现在,我若探手到自己衣襟下面,直探到心口之上,乳房正中的部位,会摸到一片隐约的凸起。它有一分钱币大小,圆形,因为没有用以呼吸的毛孔,肤质比邻近的皮肤光滑得多。那一点圆形的肉色浮雕,就是她的同族在我身体上留下的印记。

这印章一样的标记曾左右了我很长一段童年时光。常常有陌生或者不陌生的大人拉我过去,高高撩起我的衣襟,指着我胸前泛了些绯红的光的肉色印记唬着他们的比我大或比我小的孩子:"看,若不听话,就会被盖了有毒的印章,只要做错了事,随时就会发作,就像孙悟空戴的紧箍咒一般。"我被他们搜来搜去,成了一个不听话孩子的典范,我并不言语。在山林里跟同伴们玩耍,大家也常常围我在中间,喋喋不休地谈论着早已传得变了样儿的有关留在我身体上的印章的故事。我依然有求必应地自己揭起衣襟,把那印章露出来,那么圆,那么光滑,那么恰恰正中。我的伙伴们并不以为它是不听话而受的惩罚,他们给它赋予了更神秘的力量,所以他们都噤了声,轮流用手指轻轻在那印记上摸一下。

摸一下,再摸一下,摸了很多下。我已经记不清,有多少根幼嫩的手指曾经轻轻抚摩过去,一点凉,一点热,或者,一点木木的痒。现在,那印记依然如故的悄悄附着在我身上,丝毫没有变样。但它早已不再具有神秘的力量,寻常得跟邻近的皮肉一样,不会再像童年一样接受很多手指和很多想象的顶礼膜拜。其实,这印章,与神力无关,与魔力无关,与天使和精灵都无关。它只跟我眼前三枚树叶之间的她的同族有关,在我身体上留下印记的一定是她的祖上。是他,还是她?

2

所有与疼痛有关的记忆必然发生在漆黑不见五指的夜里。就像小妹死去的那个夜晚,黑得连窗子都寻不见,板门猛然被风吹开了,灌进一屋子的风来,却没透进一丝儿的光亮。还像母亲瞑目的那个晚上,当我惊慌失措地扑出门去的时候,门前的那棵梨树飒飒地拂动叶子,我却连树影都看不见。

若干年前的夜晚同样如此,我正在做小孩子该做的梦,穿行在大块的玉米田里,宽阔的叶子编织着无际的森林,玉米棒子连缨子都没长出来。我不断地咂巴着嘴唇,一棵一棵玉米察看过去。突然,我看见玉米穗子下面凸起成年人拳头大小的灰包子。那盛满灰黑色粉状物质的灰包子,据说是未能按照常规长成的玉米,它中途异变了,生成这般奇怪的模样。我不觉得它生得怪异丑陋,反倒感到欣喜,我把嘴巴咂巴得更响亮,预备把它摘下来并吞吃到肚子里去。我伸出胳膊,伸得长长的。踮起脚,踮得高高的。我快要够到那物什了……可是……

那疼痛来得太突兀了。硬生生的,恶狠狠的,把我从长了灰包子的玉米前面拎了出来。我猛然张大眼睛,没有粘连一点梦境。我什么都没看见,除了黑暗,还除了来自心口上面的锋利得跟刀刃一般的疼痛。疼痛将那一小块肌肉从我身体上剥离出来,我似能清晰地看见针眼大小的黑洞高速旋转着深入内脏,烧灼随着疼痛燃遍了周围的肌肤。我用锐利无比的声音尖叫起来,我的声音也像高速旋转着的黑洞,把痛感凝聚起来旋着钻着进入黑夜深处。

我那还年轻的父母手忙脚乱地爬起来,在昏黄的灯光底下,他们揭起我的被子,揭起我的背心。然后,他们停顿下来,用极其惊骇的目光注视着我的胸口。接着,年轻的母亲失声惊叫。一只据说有成年男人大脚趾大小的毛茸茸的黑蜘蛛伏在我胸口上,它大约刚刚从我的皮肉里拔出毒液横流的毒牙。它没有立即离开的意思,可能被突然降临的灯光唬住了,正伏在那里权衡利弊。年轻的父亲暴怒着一把将巨大的黑蜘蛛拂到炕底下,随着蜘蛛落地,父亲也跳下去掌了鞋子毫不迟疑地踩了下去。

我依然记得那只蜘蛛在父亲脚下丧命时发出的饱满多汁的扑哧声,先是一声闷闷地爆裂,然后就是"哧——",汁液四溅的声音。我对他的样子没有具体印象,只记得一团黑,还有留在地面上的一片巴掌大小的污迹。他的污黑跟我眼前的鲜亮是不可比的,可是,他们都同样的饱满——那异样的快要撑破了的饱满竟是如此相像!所以,我认定,在若干年前的暗夜里把毒液注入我身体里的他必然是她的祖上。我当年就没弄明白他为何要潜伏在我的胸口上,他为何要在我沉睡的梦境中将毒牙嵌进我幼嫩的肌肤。就像此刻,我依然弄不清楚打扮得绚丽无比的她何以要藏身在三枚树叶之间,就像在玩一个掩耳盗铃的游戏一般,自以为乔装得天衣无缝,可是叶房四处都是可窥进的眼神。

他何以如此?她又何以如此?这是一个跨越了二十多年的谜题。他暗夜中的狠狠一口,让二十多年前的我用了半年时间夜不能寐。我总是高烧不退,不停地说着胡话,并高声喊叫。半年里的夜晚都被我的叫声搅得凌乱不堪。我年轻的父母夜复一夜地跪在我身边,碗里摇荡着酒精的蓝火,他们一遍又一遍用酒精火给我擦身,看着我肿得紫胀的身体饮泣。毒源就是毒牙嵌进的地方,在心口之上,两个未成形的乳房正中。那里显出一个微型葵花一般的圆盘,肿胀,溃烂,渗水,结痂。半年之后,我跟父母的煎熬终于有了终点,我可以平稳地睡完一个长夜,夜晚寂静下来,没有任何异样的声音响起。可是,在我心口上,却永远留下了一个异样的圆形印章。它非常规则,像是事先进行过设计,异样的圆,又异样的正中。

异样的事物总能激发大人跟小孩的联想。我胸前的印章成了大人教训孩子的把柄,是一枚有毒性的随时可发作的惩恶工具。然而在小孩子眼里,那印章却是被某神或某怪或某妖魔或某仙人施了法力的标记。大人跟孩子对它的界定完全冲淡了它本身带给我的痛苦。半年时间,是漫长难熬的,可在终点处回望,时光蓦然提了速,雕塑化为浮雕,浮雕淡为影像,影像略为痕迹。所以,当我蓦然在三枚树叶之间窥见她艳丽饱满的躯体时,我似乎望见一个圆形的时光隧道,他跟她正在某处相接,相接的缘由则是因我。

我的窥探没有半点恶意,即使我已经认定她是曾经谋害过我的他的同族。可是,我对他的憎恶早已在当年父亲脚下扑哧一声响起的那一刻终止。他付出的代价更惨重,在他临终前的一瞬间,他一定憎恨过自己的身体过于饱满。现在,我只是好奇,庞大的好奇,无边的好奇,从时光隧道这头通往那头的好奇……他何以如此？她又何以如此？二十多年的谜题，只能在一次冒险的占有过程中揭开。那么，她将成为我的？

<h1 style="text-align:center">3</h1>

是啊，她只能成为我的！当她过于艳丽和饱满的身体撞进我眼里的那一刻，她的命运就已经注定。我怀着巨大的狂喜和若干年以前就培植起来的恐惧停留在她的叶房附近，把目光从三片叶子的缝隙里这边那边地溜进去。有好几次，我和她的目光都在叶齿的豁牙中相撞。我的眼神要涣散些，可注意的斑斓图点太多，完全分散了我的目力。但她的眼神极为凝聚，是两点墨，上面涂了漆光，黑得集中，却没有杀伤力。我们的目光总是在犹疑中相碰，然后迅速闪开，再在恍惚里撞在一起。她似乎比我更惊惧。

真的，她比我更惊惧！她那一双溜圆的目力凝聚的眼睛，更像是一个身处未知险境的小孩在黑暗中刚刚停止哭泣，正竭力地瞪大双眼在不见五指的黑暗中判断若有若无的危险。她不敢活动躯体，甚至不敢轻微地舒展一下腿脚。当她的叶房不明就里地颤动起来的时候，她的眼神凝聚得更加漆黑，黑得茫然阔大，犹如不着边际的夜空。我用一把剪刀把她的叶房所在的枝条剪下来，枝条摇晃得厉害，说不清到底是什么在颤动。或许是她正在做从三枚叶片的遮障中冲逃出去的准备，或许是我依然深陷在二十多年前暗夜毒牙的阴影里，也或许真的是风在吹，吹得毫无章法。

应当说，她用以藏身的叶房是她这一生中最拙劣的作品了。她那么性急，连寻找完美一些的三枚叶子的耐心都没有，就那样匆忙地就近牵扯过来三片叶子对在一起。她更没有耐心好好穿针引线，只是胡乱扯一些丝过来连缀一下。她甚至都不肯多费点心思用第四片叶子给自己做一扇活动的门窗，只把三片叶子连缀成的叶房某一个方向大敞着，像个过分好客的人，更像一个邋遢得要命的懒妇。她的叶房下方的枝叶上，喷溅着一些灰白色和黑褐色的污渍，高高低低的好几层叶子都被秽物染脏了，斑斑点点的，可以想象她排泄的时刻是多么肆无忌

惮,完全跟她的艳丽、新鲜和饱满不沾边。

她无疑是恶毒的。即使她此刻由叶缝中溜出的眼神惊惧无比,也不能因此淡化她的恶毒。她显然遗传了她祖上的秉性,若干年以前她的祖上把毒牙嵌进我的胸膛时,一定曾产生过干掉一个猎物的快感。我当年是一个不同寻常的猎物,异于他曾经干掉的任何一个种族,因此,他在我这个巨大的猎物体内酣畅淋漓地注入毒液。兴许他当时还曾有过智慧的闪念——带着他腹大如鼓的妻子来到这具巨大的昏死过去的猎物身边,把那些黑色的卵粒排在猎物身上,等来年的春暖时节,他的幼子们将衣食无忧地度过来到人间后生命最脆弱的一段时光……

在她的叶房附近,是一个惨烈无比的战场遗址。她织出的丝网毫无美感可言,但韧性和杀伤力却似乎要高于她的其他种族。那上面垂吊着许多昆虫的残肢——有一截蝗虫的大腿,腿边缘的锯齿细微有致,大腿宽阔处还有依然显赫的红色花纹;有一些微小的翅膀,透明的大约属于蜂蝇,青灰和橘红的应该属于斑衣蜡蝉;还有一些昆虫的头颅,蜜蜂的,蜻蜓的,苍蝇的,都生着硕大的眼睛;网上还吊着几处缠裹细致的丝包子,里面显出一只绿蚂蚱的身形来,有只黑色的身形略小的甲虫,竟然也腿脚僵硬得被裹在一处……

在这尸横遍地的战场附近,有一只寻常的白蝴蝶正不以为然地起起落落,甚至还在那悬吊着昆虫残肢的絮网上回旋了几圈舞姿。几只泛着宝石蓝光泽的大苍蝇也嗡嗡嘤嘤地来回飞掠,偶尔也停留在残肢下面的叶片上搓动脚爪,大眼灵活地旋几个圈,不经意地掠一眼那些尸体的残骸。它们确是低智商的,因为愚笨而少了许多来自自身的折磨,它们不为同伴的惨死悲伤,不因身边危机四伏而忧惧,像人间的智障者一样,活得傻自在。

我终于俘获了这个艳丽饱满恶毒的"懒妇"。当她随着那拙劣的叶房一同落在一只玻璃鱼缸的底部时,她终于因异样的陌生和玻璃器皿发出的冰冷味道变得惶恐不安了。她试探着转动身体,把斑纹显赫的腿脚由叶房的缝隙里探出来。她敏感的爪触到的是此生从未体验过的光滑和冰凉,以至于她生满细刺的爪不能牢牢地固定位置。她终于胆怯地退缩回去，挪动着饱满的腹在窄狭的叶房里转动，目力凝聚的两点黑眼四处逡巡。她惊异地发现自己已经陷身于透明冰冷物的桎梏，四处闪耀着泛白的冷冷的反光。她迟疑着从叶房中钻出来，四只脚爪和小得异样的头颅伸在外面，多半个巨大膨胀的腹缩在房子里面。她尽力适应着爪底传来的经验以外的冰凉，向前迈出一步，又迈出一步，终于，她的整个身体完全呈现在我眼底。

<h1 style="text-align:center">4</h1>

　　如果说，当她藏匿在叶房之中，我仅凭着由缝隙中泄露出的若有若无的春光来判断她的话，那一点艳丽，一点饱满，一点斑斓，足够让我产生神秘的好奇和恐慌。可是，当她被禁锢在透明的玻璃器皿里，未知的攻击力完全派不上用场，她与生俱来的那点高贵神秘气质一点点在冰冷的桎梏里消磨殆尽的时候，我突然全身松弛下来，像个意外得势的小人一样，洋洋得意地注视着她：

　　她精心地用褐色、棕红、乳白三种色块搭配修饰的八条腿脚无疑是健壮有力的，上面的细刺清晰可辨，可是，在这光滑的器皿中，那些细刺完全失效，她每走一步，都趔趔趄趄的。她突兀的腹部原本就饱满得过分了，但她还是用奇特的花纹来做文身，黄白色块，黑边勾勒，山羊的头骨，周围环绕着有秩序的符号，宛若图腾。她腹底的色彩更鲜亮些，橘红和黑色相间，利齿样的图案，给人一种狰狞的威势。

　　可是，不管怎样，她此刻的样子已经不再对我构成威胁，即使她体内贮藏了足以对付我的毒液，她也无法穿透这透明的桎梏。我像一个势利小人一样观赏着她此刻的窘迫，她试着攀爬玻璃器皿弧形的壁面，但屡屡失手。她几次犹疑不定地走近她曾经用以藏身的叶房，绕了几圈窥看，终究没有重新钻进去。她进行过反复试验之后，匍匐在那里思索片刻，吐出丝来，一头粘连在叶房上，另一头呢？她扯着不断延长的丝线转了一圈，无法在光滑冰凉的玻璃器皿上找到附着之地。她有些泄气，只能折回身把另一头也扯在叶房上。

　　她真的泄气了。在她的生命中，有两样受益终生的武器。一样是毒液,但她没有机会使用。另一样是网,竟也没有办法施展。她灰心地伏在器皿底部不动,腿脚缩拢起来,奇小的头颅隐在腹和爪之间,像是抱头痛哭的样子。我侧耳倾听,听不到她的哭声,但是,她的忧伤和颓丧却深深地打动了我。就像屈腿盘坐在某棵孤树下的老者总会让人产生亘古的苍凉情绪一样。她也一样,她身着神秘的图腾文身,背后萎败的叶房成了凄凉的背景,她匍匐不动,我的心却猛然一痛,宛然受了内伤。

在我情窦初开的少女时代,曾经在某个晚霞绚烂的黄昏跟一个同样情窦初开的少年一起办学校的黑板报。他一笔一画地写字,每一笔都有棱有角,横平竖直,撇如剑,捺如刀,就跟他人一样。我一涂一抹地画插图,一只笔筒,两根羽毛,三支笔,四圈枝蔓。同学们早已放学回家了,我们俩并不打算草草收工,连橘红的晚霞也是心照不宣的,它恰好把霞光从对面的房头斜射过来,身后是暮色的阴影,眼前的板报和少年却涂了金黄的边。

精雕细琢的板报终于办完了。少年把刷黑板的墨汁脸盆涮洗了端来半盆清水叫我洗手,我洗完了他再蹲下洗,两次抬头,先冲我笑,然后把头扭往别处。我正在掸胳膊上的粉笔灰时,突然望见脚下石阶缝子里钻出一只黑糊糊的蜘蛛,异样的庞大,但庞大得毫无规则,身体上刺刺毛毛的,像是堆砌了乱七八糟的东西。我跟寻常女孩子一样毫无风度地尖叫起来。少年站起来赶上前去,像个英雄一样毫不畏惧地弯腰查看,然后,他用发现新大陆的神情提示我注意看,接着,少年猛一跺脚——

那只正在急速前进的黑蜘蛛被跺脚声吓住了,猛地停顿在那里不动。而她不规则的身体上却起了轩然大波,空气里似乎能辨得清那一瞬"哗"的声响,一群米粒大小的黑点儿猛然散开来,以黑蜘蛛为中心散成一个篮球大小的圆。但那些小黑点并不散远,他们跟黑蜘蛛保持一定的距离后也定在那里,似乎在等待他们的母亲做下一步的警示。空气凝固了一瞬,黑蜘蛛似乎感到危险暂时远离,她一定向她那些散开的孩子们发出了某种指令,那些定住不动的小黑点儿又同时聚拢回来,神速而轻盈地爬上母亲的腹背,一个摞一个的,还有的,干脆紧抓

44

在母亲的腿爪上。一切停当之后,黑蜘蛛又开始急速行进,像个刺刺毛毛的黑球一样,行进得蹒跚但飞快。

黑蜘蛛已经背着她的孩子们逃出我们的视线之外,我完全呆住了,眼前的情景让我彻底忘记了身边的少年……哗地散开,倏地聚拢,还有母亲向孩子发出的神秘信号……晚霞中的少年在一旁担心地注视着我,他一定是以为我受到了强烈的惊吓。于是,他又赶上前去。片刻,少年再次回到我的身边,他用了安慰我的口气说:"你不用怕了,我踩死她们了。"……情窦的芽儿刚刚露出一点头来,沐浴了一点霞光之后,就完全浸在昏暗的暮色中了。少男和少女的故事就此结束,有一个永远镶着晚霞金边的开头,但过程和结果被黑蜘蛛和她的孩子们带往天堂。

盘缩在玻璃器皿底部的她突然再次行动起来,她不气馁地一遍遍攀爬光滑的壁面。她饱满的腹部似乎更加膨胀了,神秘的图腾更加硕大新鲜,似乎弹之即破。她方才短暂的忧伤勾起我短暂的回忆,而此刻她蓦然而至的急躁同样牵动了我的好奇。儿时的蜘蛛在我身体上留下永远的印章;少女时代的蜘蛛切断了情窦初开的芽;如今,一个孩子的母亲带着孩子一起立在玻璃器皿前面,一定还会有意外的故事发生。

5

我豢养了她!一只艳丽饱满的蜘蛛,一只毒物。

为了消减她不时而至的忧伤,我在厨房里找来淘米用的丝网篮子,开口处用白纸板糊住,并做了活动门窗用以拍照和投食。我采集了她原来栖息的树叶投在里面,捉了几只走霉运的蚂蚱放进去,每天投放几枚新鲜草茎。

她显然对新环境是满意的,她飞快地攀着丝网上上下下游走了一圈,她健壮腿脚上的细刺终于派上了用场,它们足以让她饱满累赘的身体牢牢地倒吊在丝网顶部。她对那些新鲜的叶片和草茎不感兴趣,随意地踩在脚下,嗅都不嗅一下。她对那几只还活蹦乱跳的蚂蚱倒是抱了谨慎的戒心,她爬到每一只蚂蚱附近观察片刻,最后确定它们的

　　这个冬天,这个丝网里都不会看到生命的迹象了。那些橘红色的漂亮的卵粒里,一天天进行着些微的生命征兆。它们的母亲,一个干瘪的老妇人,用最后一点气力展开腿脚将它们拥入怀里。当它们在来年春天来到世间的时候,最先看到的就是这个丑陋暗淡的毒物,它们会把自己的母亲当成世间的第一顿美餐吃掉,然后,它们会看见那些蚂蚱,还有蝴蝶的幼虫。

处境跟自己一样无法逃脱丝网的控制,而且,蚂蚱们的貌似强大但也用不着浪费自己的毒液。于是,她放下心来开始吐丝。

她虽然不是个织网高手,但她吐的丝的韧性却远超她的其他同族。即使是一根丝,也能轻而易举地负荷她笨重身体的重量。我试着用枝条拨拉那些丝网,被扒拉出很大的幅度,却很难扯断。她毫无美感可言地扯着网,随意地爬到这里爬到那里,后窍轻巧地往这里一点,一条丝线扯了出去,又是一点,换个方向又扯出去。有时后脚也煞有介事地把丝线往这里拽拽那里拨拨,似乎在表明自己织的这堆乱七八糟的网其实是有序可循的一样。

她喜欢栖息在丝网篮子的天花板上,倒吊在那里。所以,她织网的时候,有意识地把靠近天花板的网织得密集一些,仿佛是个保护层一样,越往下越稀疏。她好像不打算进食,只是把那几只蚂蚱用丝网裹到靠近她栖息之地的上层去,然后缠绑起来。蚂蚱还活着,蹬一蹬腿,挣一挣身子,一切努力都徒劳,她对蚂蚱闹出的动静也不予理会。她似乎是彻底安下心来了,最初的日子过得非常悠闲,踱一踱步,扯一扯线,用不着吐丝布阵的时候就漫无目的地用腿脚把丝网这里扒拉扒拉,那里拨弄拨弄。

我一直在旁边焦灼地观察她饱满得异样的腹。我不能确定,那弹之即破的腹里,藏着的究竟是食物?还是卵?还是毒液?整整一个星期过去了,不见她进食。那几只最早捆缚住的蚂蚱早已归西,新投进的蚂蚱或者尚未变成蝴蝶的虫子被新的丝网缠裹起来,吊在空里,像没缠好的茧子一样。她排泄得很少,有一些黑点儿白点儿溅在纸地板上,那些斑点像是喷射出来的,有一定的力度,所以,我甚至有些怀疑那不是她的排泄物,而是毒液。

后来,我越来越确定她饱满的腹中是多得数不清的卵粒!因为她已经有十天时间不进食,但腹部绝没有缩小的迹象。只是,她的精神大不如前了,从前,她还四处踱步,用腿脚随意整理一下自己凌乱的网,但现在,她多半时间都一动不动地垂吊在天花板上。可是,她现在的安静跟早先在玻璃器皿中的安静是不同的,那时,她是被禁锢的恐慌和忧伤,而此刻,她的安静似乎是一种期待和蓄积。

　　她无疑是贪婪的,对所有我投进的食物,她都照单全收。她会慢吞吞地爬过来吐出丝来将新的食物缠到高处。她无疑又是克制的,她已经近半个月没有进食,气息奄奄的样子,连裹缠食物的行动都迟缓了,可是,她对丝网中四处悬吊的食物没有半点欲念。

　　她垂吊着休息的时间越来越长。有时,一整天她都不挪动地方,就像死了一样。而我,已经被抛进一个巨大的漩涡。兴许,她饱满腹部上的神秘图腾正在散发神奇的魅惑力,从我见到她的第一刻起,我就不能自持。一个浪头接一个浪头,各样的蜘蛛跳荡在浪尖上,他们跟我有着某种神秘的关联。

　　上初中的时候,我的同桌带来一个火柴匣子,里面盛着几颗青豆大小的圆圆的灰褐色的生物,它们圆秃秃的,怪异地躺在里面,不能动,却有活着的生气。没有人能猜出那究竟是什么东西,我的同桌因此洋洋得意。课间,他在院子里的砖墙缝子里找到一只长腿盲蛛,他抓着这只敏感胆小的小东西到课堂里表演,他举起手里的盲蛛,一根一根把那些长腿揪掉,最后,就剩下一颗圆秃秃的灰褐色的头腹,没有什么可依着地躺在桌面上,连蠕动一下都不能。盲蛛的视力是非常差的,它的行动全借着长而敏锐的腿脚来掌握停顿或者方向,现在,一个顽劣的少年当众拔掉了它所有的腿,但是,它连夺去它活着的尊严的人的面目都看不清楚。

　　如今,悬吊在丝网篮子顶部的艳丽毒物也了无生气了,这让我惊慌。我怕她是因失去自由而绝食死去,更怕她是离开大自然后患了某种抑郁症。不论她是怎样死去,我都会成为脱不了干系的杀手。即使她的同族曾经把毒牙嵌进我的心口,但她的祖上已经为此付出代价。我豢养她的那一刻,就本能地惧怕自己会成为像当年情窦初开的少年或者像当年顽劣的同桌那样的人。我想把自己跟他们区别开来,标榜自己的无辜和清白。

　　我惶惶地思量,再过一个晚上,到了明天,我就把她放归到她最初栖息的花树上去。兴许当她嗅到自然的空气时,她会重新唤起活着的欲望,开始踱步,开始进食,开始扯网,开始把几片叶子拉扯在一起造成新的叶房。现在,我不再指望解开谜团了,我急于处理罪证,只要她活着离开我的禁锢,就能标榜我的清白。上帝啊,明天,请让她活着吧!

<h1 style="text-align:center">6</h1>

她果真还活着。只是她不是从前艳丽饱满的她了!她完全失了风韵,腹部小了一圈,神秘的图腾文身凹陷下去,看起来暗淡无光。她产卵了!

可是,她犯了一个严重的错误,她把卵产到了白纸做成的地板上,那些橘红色的卵粒整齐地排列成一个圆。她焦灼地围绕着那些卵转圈,想用丝网把这些新鲜的卵裹住,但是,光滑的纸地板根本无法让她的丝附着。她长久地努力着,但都不成功,她终于放弃了。她重新回到丝网顶部她栖息的地方,再次悬吊在那里,一动也不动。

她一定是被她犯下的错误击垮了。她就像一朵枯萎的花一样悬在空中,背腹上山羊头骨的图案皱拢在一起,羊角断了一样。她那两点眼睛黑得空空洞洞,呆住了一般。我束手无策地站在一旁,看着这个悲伤衰老的母亲……我似乎看到当年,那个情窦初开的少年,赶上那只背负着一身小蜘蛛蹒跚速行的黑蜘蛛,少年的脚抬起来,再落下去……少年的心里依然藏着对少女的爱情……

突然,我惊讶地看见,她动了一下,一粒橘红色的卵粒排了出来,牢牢地粘在丝网的顶部。两粒,十粒,三十粒……这个越来越萎缩的母亲尽力地排出了最后一粒橘红色的种子。她的力气似乎用尽了,她的几只腿爪甚至几次松脱,无力抓住顶部的丝网。她休息了几分钟,慢慢爬到新产的卵粒上面,开始进行最后的结网。

在此刻,谁还能说她不是一个结网的高手呢?她的动作缓慢但细心,似乎是打算在世界上留下自己最后的作品。她扯出的丝显然比从前做网的丝要细软,她一点点地吐,一点点地织,完全是精工细作的样子。一个多小时过去了,她的身体已经完全不成形状,从前饱满艳丽的腹部完全干瘪了,她终于织出了一个绵软、漂亮、结实的丝囊。那些橘红色的娇嫩的卵完全可以在里面度过一个温暖舒适的冬天。

她开始巡视,行走得非常吃力和缓慢。她爬到每一个缠裹好的猎物面前,把早已死去的蚂蚱们往包有卵粒的丝囊跟前推一推。最后,她爬到丝囊那里,把未成形的孩子们紧紧抱在干瘪的腹下,不动了。

　　静寂了。这一个冬天,这个丝网里都不会看到生命的迹象了。那些橘红色的漂亮的卵粒里,一天天进行着些微的生命征兆。它们的母亲,一个干瘪的老妇人,用最后一点气力展开腿脚将它们拥入怀里。当它们在来年春天来到世间的时候, 最先看到的就是这个丑陋暗淡的毒物,它们会把自己的母亲当成世间的第一顿美餐吃掉,然后,它们会看见那些蚂蚱,还有蝴蝶的幼虫。等它们吃完所有的这些食物的时候,它们就会变得足够强壮,它们会选某一棵花树或者绿篱做栖息地,像它们的母亲一样,精心地打扮着自己,躲在暗处窥伺经过此地的猎物。

　　静寂了。二十多年的谜团其实很简单,就是繁衍!

蝶梦水云乡

曼舞在空中的蝴蝶也是有迹可循的，若你是像我一样的有心人，一定早已发现了这一点。

当时我仰面躺在一面向阳的山坡上，这面坡刚好位于我常去的红石崖下面，甚至，我身上还粘着一些刚从石崖上蹭下来的红褐色土渍。我躺得很舒服，四肢放松，皮肤吸纳着野花香，身子下面的青草被压得咯吱咯吱笑个不停，小小的黑蚂蚁百折不挠地从我身下钻出来，爬到我的肩膀上，停下来，上身探起，触角左晃右点，似乎在登高抒怀。

我就是在这极惬意的一刻发现那群蝴蝶的。

它们绝对是蝶类的贵族，平日里总是以极其傲慢、目中无人的姿态出现在人们的视野中。它们是凤蝶科的一种，斑斓无比的翅膀上大多都有长于其他翅脉的一两支延伸成尾突，那尾突上同样覆盖着闪闪发光的细小鳞片，在阳光的折射中闪耀着令人心醉的虹彩。这些凤蝶习惯于炫耀自己的美丽风姿，翅膀扇动得不紧不慢，时高时低，拖曳着的翅尾像两根小巧的油画棒，拿姿作态的，把观望者的心搅拌成一池泛着虹光的浆汁。它们似乎把在花朵上取食当成一种挑逗，选中自己称心的花朵了，摇曳着似要落下来，似停未停之际，一个翻飞，又远去了，即使停留下来，也只是将螺旋状虹吸式口器舒展开来，插进花蕊的蜜罐之中，似乎仅仅咂咂了一口就厌倦了，迅速扇动着翅膀离去，没有半点留恋之情。但是，它们也并不总是这样轻佻和行踪不定，至少，它们沐浴在阳光和微风之中，被下方清新的原野打动了的时刻，也会庄重肃穆起来，充分地展开翅膀，进行一段轻盈的滑翔——它们的翅膀在空气中静止下来，被田野里的芬芳托抬着，像一片旅行的树叶一般，等着一个命定的机缘。

什么样的机缘呢？法国作家列那尔在一首小诗中无限温情地写他

眼里的蝴蝶——

> 这一张对折的情书小笺，
> 止寻觅着花的住处。

多么动人的、叫人心疼的、颤抖的诗句！是谁，用怎样的画笔，描画出那么美丽的情书小笺！蝴蝶和花朵，是彼此的情人吧，它们都是上帝眷顾了的，着了彩衣洒了醇香的珍宝，一个立在原野间张望等待，一个翔于天空中盘桓寻觅。一朵花，就是一只蝴蝶前世命定的情缘吗？那些轻巧的对折的情书，漫洒开来，缀在田野之间，一曲无声的歌唱天籁的赞美诗，曼声开场了。

可惜，我眼见的，却不是这样的。

那群自大骄傲的凤蝶在一大片原野中尽情地拣选完花朵之后，突然被一只路过的雌凤蝶吸引了，它们顿时失了方寸，风度全无地翻飞而起，不管不顾地拦住雌蝶的去路。一瞬间，大约有十几只雄凤蝶都闻讯赶来了，它们像一群不达目的不罢休的无赖一般，将无路遁逃的雌蝶围在中间，有的雄蝶忙不迭地表演着即兴舞蹈，试图吸引意中人的注意力，有的干脆没了耐心，多次靠拢对方试图占领先机。那只伶仃的雌蝶显然已经完成了跟称心郎君的交合仪式，它早已心无旁骛，对这群美男子的挑逗毫不动心，一心想突出重围，去寻找合意的植物产卵。可是，它怎能从这些急不可耐的包围中逃脱出去呢？忙乱之间，被裹在中心的雌蝶突然使出奇招，翅膀猛然并拢，像一枚树叶一样随风歪歪斜斜地坠落下来，落在草间了，它迅速整理姿容，找个草枝安心小歇下来。然而，空中那群忙着表演的雄蝶竟完全没有识破美人儿的诡计，它们更是乱成一团，上下寻找美女的踪迹，最终未果，终于悻悻而散。

我忍着笑，嘴里衔了一叶草。现在，有两只雌性的动物藏身在这原野之中。那只雌蝶离我不远，它一定也忍着笑。蝴蝶家族中的最不幸，便是性别比例的严重失调。一般情况下，几十只乃至几百只雄蝴蝶中只有一只雌蝴蝶，这样大的差异导致了雄蝶从羽化之后便开始了寻侣之旅，而能够抱得美人归的雄蝶则是凤毛麟角，多数雄蝶都是在寻寻觅觅以及苦求不得的过程中精疲力竭而死。这样看来,那群拦路求爱的冒犯者也是可以谅解的了。

当然,不是所有的蝴蝶都像凤蝶一样慧黠伶俐,灵巧机敏,任何一个物种中,都有被上帝格外眷顾的,也有被上帝忽略和冷落的,像绢粉蝶,就是蝶类中笨拙憨厚的一种。这面山坡下面,有一条小河,河水灌溉着两边的稻田和岸边的植被,草木葱茏,各样的植物香味被阳光发酵了,闻起来潮暖湿重,叫人呼吸不畅。就是在这里,生活着数以千万计的绢粉蝶。我不知道为什么会有那么多的绢粉蝶,它们密密匝匝的,铺在稻田之间的田埂上,铺在岸边湿润的水洼上,它们都把翅膀立起,以减少自己占据的空间,可即便如此,还是有许多绢粉蝶得站在伙伴的身体上。还有大量绢粉蝶,栖在河岸边一种蔷薇科的不知名花树上,那棵树开着絮状的淡紫色花朵,花朵很小,密密地排列围绕在一根根枝条上,像一根根花尾,而那些沉甸甸的花尾上,又被绢粉蝶占据了,密不透风地占据着。

绢粉蝶的样子不像它的名字那么婉约有致,翅膀正反面都是白色,黑色的翅脉有力而清晰,一条一条突起,似乎是翅膀的框架一般,所以,当你将绢粉蝶抓在手中的时候,没有明显的滑腻感。它如此普通平常的相貌,无法激发任何人的兴趣,再加上这个种族庞大惊人的数量,更不能叫人生出怜惜之心了。而绢粉蝶似乎意识到自己长了天生安全系数高的相貌,也就觉得没有必要训练自己的飞翔技巧了,它们飞得那么缓慢滞重,眼见着有人伸出手来捏取翅膀了却做不出应激反应,即使被人抓在手里了,也一副听天由命的倒霉相,一动不动,丝毫不挣扎。

上初中的时候,我们这些淘气的学生试图在教师节那天捉弄一个不喜欢的老师,我们在午休时间跑到河边去,在几只罐头瓶子里装满这种笨拙的绢粉蝶。上课了,老师走上讲台,背转身在黑板上写字,我们在教室各个方位同时将瓶子打开,一时间,教室上空聚满了白色黑脉的绢粉蝶,它们惊慌地扇着有力的翅膀,略略飞舞一段就落下来,落在窗棂上、课桌上、讲台上、地上、黑板上、大家的头发、肩膀、衣服上……老师转过身,一动不动地注视着这惊人的蝶乱,他的头发上歇落了两只绢粉蝶,胳膊上也有两只,他抬起手,手上马上落了一只,他没有将这些蝴蝶拂落,他眼眶里开始蓄满泪水,他向我们深深地鞠躬,他说,"谢谢你们,孩子们,这是我得到的最好的节日礼物!"我们都垂着头,心若擂鼓,愧疚难当,肯定,也有很多人像老师一样蓄了泪。我们的身上落满白蝴蝶,我的作业本上也停着几只,它们都静若处子。

就这样,被上帝冷落了的绢粉蝶,同样成为我记忆中最美的一段记忆。我躺在这面山坡上,各样蝴蝶在空中飞舞,循着它们自己的轨迹。我真想成为天籁的一部分,眯起眼睛,让皮肤散发花的味道,让闪耀光芒的甲壳虫缀在头发上,用呼吸跟万物交流,它们附耳对我说:蝉蜕尘埃外,蝶梦水云乡……

拨开你的泡沫之乡

这小东西，几次陷我于不义。

他们都很绅士，将疑惑的神色隐藏到善意的礼节里，用心领神会的呵呵一笑对我欠妥当的小把戏表示不以为意。没想到虚荣心竟把自己困住了，未能得逞，又无佐证，我语无伦次地解释："这真的是沫蝉若虫留下的泡沫，只是，它不知什么时候溜掉了。"最后，没有证据的解释成了喃喃自语，我一个人垂头丧气地走在大家后面，心里明白，他们正困惑着，一位知性淑女怎么突然冒起傻气来，会用一口唾沫跟他们开玩笑，说这唾液里藏着小怪物，还找来小树枝在里面扒拉，当然，跟他们想象的一样，里面什么都没有。

小东西依靠本能的警觉在天地间混日子，一定提前觉察到什么，悄悄溜走了。它本来就长得不起眼，个头又小，泡沫的伪装一旦被识破，很容易溜之大吉混迹于草木中消失不见。生存对它，又冒险又刺激，未羽化之前，它就像个童心烂漫的小小孩，一摊一摊的泡沫都是愚弄天敌的小把戏，它藏在里面，透过泡沫的窗窥望世界，过路者多半被糊弄了，它们一定在咻咻发笑，山野的风吹来，草枝上的泡沫之乡开始摇曳。

幼时，我是一个整天坐在山坡上做白日梦的小女孩。我渴望飞翔，却不迷恋蝴蝶的翅、鸟的羽，假若有一个透明的泡泡，由清晨的露珠聚集而成，巨大而轻盈，坚韧而柔软，它飘飘荡荡的，我轻轻一碰，整个人撞身进去，从此像天空中一尾游弋的鱼，自由辽阔的生活扑面而来，世界因这透明的距离变得纯净安谧。沫蝉会有梦想吗？小小的气泡繁密地制造出来，自己营造的梦幻之乡……我瞬间感觉，自己与这小东西有了精神上的亲近。

他们走在前面，匆匆忙忙。在这山野之间，他们连侵入者都算不上。脚步太快了,眼睛太快了,心灵太快了。像被绑架了一样,他们停不下来,也慢不下来。抛在身后的都是泥土里生长出来的生灵,身体上透着大自然清新的水气。风在山谷里游转,拖着曼舞而起的衣裾声,树木都在倾听,微微拂动满身的绿耳朵。昆虫是魔术师,它们在最大的舞台上玩弄可爱的小诡计。鸟掠过去,比他们更快,但鸟会拣一个枝头停歇下来。

我也得停下来了,此前的路走得又倦又累,还是跟这淘气的小东西——我的小吹沫虫待在一起吧。它呆头呆脑,我傻里傻气,它有无尽的泡沫,有纵身一跃的弹跳技术,我没有泡泡,只会笨拙而缓慢地行走,但这又妨碍什么呢?我就像重生了一回,刚刚从土地里生长出来,我拨开它的泡沫之乡,撞身进去——

梦的剧场,再一次拉开帷幕。

微生活

1

我躺在床上，看见窗棂上快速垂下一只蜘蛛，在半空中，悬住不动。在玻璃透明的背景下，凝在空中的黑团似神秘的未施展的巫术。

我爬起来，凑近去看，险些撞上紧逼眼前的网。蛛丝极细，八卦阵布得极规整，经线匀距辐射出去，纬线一圈圈散开，那蜘蛛凝神盘踞正中。

窗开着，有风，蛛网不时波动，蜘蛛不受任何干扰，一阵一阵的被风鼓起，颤动着，又凹回去。我极小心地碰了碰一根蛛丝，它霎时不安稳了，转个向，又转个向，再转个向，倾听了一圈儿，这才盘住不动。它的感官这样敏锐，却能精准地判断出是风吹网动，还是异物触了网动。真是个奇巧的小东西。

我跳下床，先取来相机，又找出小喷壶，装了清水。我想，这样完整精巧的蛛网若有露水作饰，有晶莹水珠的反光，有剔透质感的经纬线，中心盘坐着那位聪慧的小工匠，一幅岁月静好的画卷便在眼前了。

细密的水雾喷出去，跟我设想的一样，天罗地网变成了童话世界里公主的胸饰，亮晶晶的小星星锁在数不清的水珠里。可是，噙在我嘴角的微笑尚未漾开，那入定的蜘蛛却惊梦般地慌乱起来，它灵巧地划拉着纤细的腿，只用了三两下，蛛网中心就出现一个豁口。它仍不罢休，飞快地攀一根蛛丝游出去，丝似噙在它口中，所到之处，蛛丝与那水雾做的珠子都吞进腹中。片刻工夫，那蛛网就空出了三分之一的缺口。

它这才略略安静下来，稍作思索，尾部分泌出一根丝线飞快坠下去,落在窗台上,四下里检视一番,又沿着那条丝飞快地攀援而上,爬到那已然支离破碎、风雨飘摇的网中心,继续入定了。

我方才明白,这真是个巫术。在我尚未反应过来的工夫,那完整的就已残缺了,那美好的就已破碎了,那刚滋生出来的静好安逸,就被一丝愧疚替代了。

2

准备做饭,却在米袋子里发现了米虫。戴了一顶棕色的硬壳帽混在大米中间,它们察觉真相要大白天下了,都慌慌地扭动着胖身子,急着要从米粒缝子里钻下去。

这可真叫人恼火。

米虫虽小,却有与它们的小不相称的肥白。留些意,端详得见浑身遍布细绒毛,要么快速蠕动着寻找藏身之地,要么身子一卷,蜷成一团企图模仿大米粒。大约不会有人对这种小生物存有怜悯之心,它竟差点要混在米粒里溜进我和家人的食道里去! 念头一生,一时间,那些小肥虫真的在嗓子眼、食管、胃肠里蠕动起来,我抑住恶心,心里生出歹意来。

其实,即便在不知觉间把那米虫吃下去,对我无害,对它则是死路一条。但实在恶心,不可卒想。觉得非但死不足惜,还生出株连九族、连坐一村的狠心和决心呢。

我那歹毒的想法是,你差点被我吃掉,那我换个方式,叫你被我家黑色小房客吃掉。

我家厨房洗碗池靠墙的瓷砖缝里住着一窝蚂蚁,它们是这座房子的久住民,我调来这个城市搬进来时,它们就已经来去从容,应当是繁衍生息好多代了。只要它们不登上我的案板,不去锅灶橱柜里搜寻,我们即使相见,也会视若无物,相安无事的。

米虫与蚂蚁初一相见,二者都极惊惧。米虫触电似的连连波动肉身子退缩几步,而后才调转头急急逃命。小房客也是,一瞬间先被从天而降的不明物怔住,但也只是一瞬间工夫,马上清醒过来,几步赶上去不管不顾地碰上哪里咬哪里,一口下去,就死死咬住不放了。我虽听不见嘶喊哀鸣之声,但见那动静,真是生死肉搏、殊死相争的场面。米虫疯狂地扭动、团缩、甩尾、抢头,蚂蚁只是铁了心的任尔东南西北风。几番挣扎移动间,总会碰上过路的蚂蚁,它们战法雷同,都是勇猛地冲上去一口咬定,很快,米虫就无甚气力了,被蚂蚁们倒拖着逶迤而去。

但也不尽是一路凯歌。一次,一只咬在米虫背上的蚂蚁被那发狂的家伙扭头狠咬了一口,蚂蚁瞬间松脱,拖着一条伤腿在原地打转,米虫趁机脱身,蠕动着急急而去,但受伤的小蚂蚁很快将伤痛化为仇恨,颠簸着追赶上去,咬定青山绝不放松了。

自然,被蚂蚁干掉的米虫只是少数。我满怀恶毒的快感,观看了一场接一场的肉搏战后,将米袋子里的米倒在阳光下,让其他米虫被暴晒而死。黄昏收米时,看见那干巴巴的虫尸混在米中,真的虫米难辨了。死亡,竟是它们最成功的一次伪装。

我家先生嘲笑我:"我以为你已博爱到爱天下所有之虫的境界。"我无言以对,我的所谓博爱,竟也是用自私作底线的。

3

最初,我家的黑色小房客不止一户。除了厨房洗碗池墙缝里安居的一户之外,在放案板的厨台下面的墙根处,也住着一户蚂蚁。

墙根下的蚂蚁有游牧民族的血性,野心勃勃,到处开拓疆域,我家用来切菜割肉的案板和菜墩,就是它们最为垂涎的领域,即使我把这些器具擦洗得很干净了,它们也探宝一样附在上面深嗅不止。

它们常叫我陷入两难境地。往往要动手做饭了,却看见不知天高地厚的小房客们沿着它们用神秘气味修成的蚁路在案板菜墩上横行。它们到处嗅探,能钻进去的缝子必然进去察看一番,有时找到一粒辣椒籽、饭粒,立刻呼朋唤友开始运输,很快召来一队浩荡蚁军。没有找到大家伙的蚂蚁也在各行其是,往往口里衔了一丁点儿不知名的微小颗粒,也欢天喜地走在返家的路上。它们好像把这里当成自己天赐的粮仓,来的来,去的去,景象繁忙,根本不顾及我这个不称职主妇的心情。

对小蚂蚁，我并没有恶感。我是自小趴在院子、墙角、畦下、路沿观察着它们长大的，搬到这临时居住的旧房子里碰到它们，竟有些亲切感。小时候一日上床睡觉，发现袖筒里钻着一只小蚂蚁正在四下里觅归途，想必应是白天我趴在路边看蚂蚁行军时带回来的。我不忍心这小生物就此迷了路，变成孤苦伶仃的流浪者，但又惧怕屋外的夜色和父母的呵斥，于是将小蚂蚁紧紧攥在手心里睡去，心想待明日天亮一起床，首要的事就是将它带回到我前日看蚂蚁的地方。第二天醒来，蓦然发现手松了，手也没放在昨晚定妥的地方，于是大惊，翻身起来一番搜寻，却再也不见了。此后郁郁数日，在外每看到一只蚂蚁在白光光的土地上惊慌奔走，便会怀疑是不是被我带离家乡的那一只。

成年人的心境与儿童大不同了，做饭自然比看蚂蚁重要，保持厨具的洁净自然比蚂蚁家族的繁荣辉煌重要。终于有一天，我忍无可忍地看见，前一天晚上儿子留在案板上的半块馒头被一层密匝匝黑糊糊的蚁网覆盖，它们一定是调集了家族中的所有蚂蚁，这已经不能用浩荡一词可形容了，而是成堆成团成块垒。它们大多采用分解战术，从馒头上咬下一小块返身就踏上归途，蚁路上有来的有回的，大家不及避让，直接从对方身上攀越过去。还有一部分蠢笨又狂妄的蚂蚁，咬住庞大的馒头山一个微角，立刻蹬了六条细腿使劲往后拖拉，馒头自然纹丝不动，它自己却因为用力太猛，被高高地挑在空中了。

这次，我丝毫没有迟疑。我迅速把馒头块连同覆盖其上的惊慌人乱的蚁群扔到塑料袋里，开门下楼从垃圾仓里丢进去。回家找来消毒液，对着那不明就里却依然奔忙不止的蚁路一阵猛喷，一会儿，尸横遍野。我的小房客们卧在消毒液的水渍里一动不动。

我将蚁尸扫到垃圾铲里，黑压压一片，让人心里很不是滋味。第二天进了厨房，看见地上散布着黑色小点儿，蹲下细看，一些蚂蚁正从垃圾铲里往外搬运同类的尸体，匆匆运到住所附近丢下，又返身回来继续搬运。它们大约整晚都在干这个活，垃圾铲里的蚁尸已经很少了，其它的都摆在它家周围，摆放得不集中，这里一个那里一个，所以占了很大的位置，像极了一个真正硝烟已散的战场。

它们就像在向我示威一样，将被我谋杀掉的生命陈列在我眼前，叫我看个仔细。、

后来的几天，它们一直在折腾这些蚁尸，有时决定搬回窝里，连它们平时出行常走的靠墙的缝子里都塞满了。于是觉得空间不够，给日常生息带来许多不便，又搬出去，散放在住所四周。但又觉得不妥当，重又搬运回去，如此二三。终于在它们又一次将这些证据搬到居住地附近时，我赶紧将这些蚁尸扫到垃圾铲里倒掉了。

它们终于消停下来。

可它们的家族终究还是败落了，由那蚁洞里爬出来的蚂蚁总是零星。过了一个冬天，熬到春暖夏来的时候，我家的小房客门前一直悄无声息，后来，连蜘蛛网都布上了。

螳螂,山野里的赞美诗

　　已经过去的夏天里,小区的草坪和绿篱上有出奇多的螳螂。每天,那些孩子都会有新奇的发现。刚开始,他们都对螳螂有畏惧心理,儿子也一样。他爸爸曾经郑重其事地告诉他:"螳螂是昆虫中道貌岸然的杀手,自带了两把大砍刀。"儿子当时问:"道貌岸然是什么意思?"他爸爸解释说,"就是看起来很庄重很善良,其实是披着羊皮的狼,装模作样地要暗算对方呢! 不过,它虽然残忍,但它是益虫,是专门消灭害虫的。"因此,儿子对螳螂一直存着惊怕心理,初见的时候,是坚决不敢贸然行事的。

　　有好几次,我都看见他猫着腰蹲在一丛草跟前,手里拿根草叶儿,在那里拨弄来拨弄去的。他试图把螳螂弄到瓶子里带回家里来,但畏惧那两把被他爸爸渲染得很可怕的"大砍刀",终于不敢轻举妄动。有一天,他做完作业,两手捧着大脑袋支在桌子上不动,我问他想什么,他疑惑地问我:"妈妈,为什么我感觉螳螂不是那么可怕呢? 而且,它的砍刀也没有那么厉害! "我回答他:"如果你不觉得可怕,那它就不可怕。人常常是被自己吓住的。"儿子高兴地附和我:"就是,我发现螳螂很弱的,如果手用力太重了都像要把它捏断了一样。而且,它的砍刀根本不能伤害我,我把手指放到它跟前它都砍不破我。不过,它腿上的刺会在皮肤上刺出白印印。"看样子,儿子的结论是经过观察和实践的,甚至已经以手试刀了。我做出惊讶的样子:"呀,你观察得那么仔细呀,真是了不起! 不过,螳螂的强大是相对于那些昆虫来说的,比如在蚂蚱眼里,螳螂就是个可怕的对手呢! 但在人类面前,它当然很弱小啦!"最后,儿子补充说:"对啊妈妈,我觉得,螳螂在我跟前就很温柔的。"

　　的确,儿子说的没错。单从外貌看,螳螂实在是可以用温柔、多情、矜持、庄重、高贵、优雅这些形容词来描述。在古希腊时期,螳螂被田里耕作的农夫们称为先知者或祈祷者。谁会不这样认为呢？看它上半身微微抬起，两条前腿像手臂似的拢在胸前朝向天空，大而灵活的眼睛温柔地凝视前方，小小的面孔上透着肃穆圣洁的气息。这样的姿态，真的像教堂里闭着眼睛站在十字架前默默祈祷的少女，宁静而庄重，浑身上下都是不可侵犯的洁净。甚至，当它身陷囹圄的时刻，它也没有丝毫的慌乱和惊恐。儿子抓了一只螳螂放在家里的餐桌上，它六肢着地趴在那里，不慌不忙地向前爬几步，停下来，柔软的脖颈 270 度或者还多的角度灵活地转动着，瞅瞅这里，瞅瞅那里，再往前爬几步。儿子又把它放在一根折断的草茎上，它如鱼得水地攀上去直到顶部，然后不动了，只是转动它那精巧的头颅。给人的感觉，人在观赏它，而它，也借机观赏一下人。

当然，螳螂被认为"残忍"，不仅仅是因为它是昆虫世界中干脆利落的闪电杀手，更让它恶名昭著的，就是螳螂凶险莫测的新婚之夜。缠绵的婚床，成为雄螳螂的灵柩。温柔的新娘，转瞬间变成面目狰狞的刽子手。在交配的尾声，雄螳螂尚未从美妙的巅峰上跌落下来，它的脑袋就被雌螳螂转头咬了下来，这样的情景着实叫人不寒而栗！然而，我们能责备它们什么呢？这难道不是造物主的安排吗？造物主让这一切都成为本能！雄螳螂可能曾经亲眼目睹过它的前辈被新娘吞噬的场景，但他绝不会因此而退缩不去寻找爱情；雌螳螂在恋爱中一定也对新郎柔情万种，但她绝对不会因为爱情而舍弃后代苗壮成长的几率。

我曾经仔细观察过螳螂的卵块。螳螂产卵与其它昆虫最大的不同之处就在于，她不会把卵产在草叶背后等等隐蔽处，她常常爬到草叶最高处，在清风吹拂下，自信地产下卵块。这时，你一定会惊讶，把卵产在这样显眼的地方，如何经历风雨？如何度过一个严寒的冬天？其实，这就是雌螳螂为什么要在交配后吃掉雄螳螂的秘密所在。螳螂妈妈产下有几十个或上百个卵的卵块后，不像其它昆虫万事大吉了，她有更重要的工作要做，就是用大量的胶状物质为自己的卵做成一层坚硬的卵鞘。我曾经试图解剖螳螂已经凝固的卵鞘。它是乳白色的，柔韧的一团缚在草枝的梢头。我用了很多自以为坚硬的东西试图挑破这层白色的包裹物，但很困难，它非常有韧性，像有拉力的钝钝的胶皮。其实，这

层保护着螳螂宝宝的安全的胶状膜袋,就是雄螳螂牺牲后的"化身"。雌螳螂在交配后必须立即补充足够的营养来让卵粒成形,并且要准备大量的胶状物来保护自己的后代。于是,雄螳螂选择献身,雌螳螂选择无情。所以,我们不必再诅咒雌螳螂的无情了,要诅咒,就诅咒造物主很不慈悲的安排吧!

在阳光晴好的初秋,我跟儿子去后山上观察秋天的蚂蚱,没有想到竟然碰到一只螳螂。我跪在它攀附着的野花枝面前注视着它,它毫不惊慌,也不飞去,只是转动骨碌碌的头颅跟我对视。它把长满锯齿的大刀腿抱在胸前,这是个戒备和预备出击的姿势,可是,我宁可相信它是在祷告——它温柔庄重地,赞美蔚蓝的天空,赞美这宁静的无人侵扰的山坡。

打捞春天

总说小城里的春天来得晚,可是,说来也就来了,过渡,总是在不经意之间。比如,柳枝眼见得绿柔了,而对面的桃花山也团团朵朵白成一片。儿子卓然抓起捞鱼网说,走吧妈妈,上山或者下河。我总是被人牵着走的,包括追寻季节的脚步,卓然的嗅觉总比我敏锐些,他会蓦然停下来吸着鼻子说,你闻,山楂树的香味。可实际上,山楂树还没有返青的动静,山楂树旁边的桑树,也还是把弹簧丝样的枝条挣向天空。

网子能用来做什么? 把季节兜住片刻,转而又漏了出去。可是,我和卓然,无论上山还是下河,都要带着网子。它能帮助我们探索许多神秘的事物,把那些原本不能轻易靠近的生命,暂且安置在网子下面,强行拉近我们跟它们的距离。多半时间,我们都空网而归,但是,口袋里,或者手里,拈着某类生物的骨骼。有时,是一枚大牙齿,似乎是牛的,还有时,是一块连缀在大骨头之间的某块环节性质的骨头,造型要精巧些,多些幻想的余地。

还没有接近河边,就听到蛙声喧闹不休,有的发出连续不断的咯咯咯的声音,有的呱一声,再呱一声。距离河边不远,有个小小的涝池,收的是天水,天若干了,池也就干了。这水质浑黄的涝池边上,也叫嚣着几只蛤蟆,卓然说,在这里生活的蛤蟆缺乏生活情趣,一定没有什么艺术细胞。他的观点,我认同,他总跟我心连心,我说出来的,正是他想说的,或者,我说出来的,正是他想说又说不出来的。现在,他9岁了,大了,开始说一些我想说但一时说不出的话了。

网子在河里能派上大用场,可是,现在的用场只能局限于到处欢跳的蛤蟆。而我和卓然,都更喜欢青蛙。去年,卓然有段时间突然变得温和安静,每日放学做完作业之后,并不急着出去跟伙伴玩,总要待到阳台上去,靠着墙坐着,胳膊支着脑袋,安安静静的。有一天,他出门之

后,我也学着他的样子待到阳台上去,坐在他刚刚才坐过的地方,用胳膊支了脑袋,四处打量。我发现旁边一只装饼干的空桶上盖着一张纸板,顺手揭开来,看见里面的一块石头上,蹲着一只很小的青蛙,它也安静地蹲着,耐心而温和地抬着脑袋,瞅着我。

可现在,我们连一只青蛙都看不见,满眼都是叫个不休的,大胆的蛤蟆。卓然迅速发现一对叠在一起的蛤蟆,下面的个头大得多,花纹明显,上面的瘦小一些,淡绿色。他说,蛤蟆妈妈真是太伟大了,孩子这么大了还要背着。这次,他说的话不是我想要说的话,但我并不想纠正他。他哪里能理解这些叫嚣不休的胆大妄为的蛤蟆是在闹春呢?雌蛤蟆的数量似乎太少了,雄蛤蟆的数量似乎太多了,所以,雌蛤蟆叫得耐心冷静,而雄蛤蟆叫得迫不及待。我们沿着河岸往前走,又碰到一对叠在一起的蛤蟆,卓然很惊奇,说,妈妈背着这么重的孩子还跑这么快,都赶在我们前面了。

网子空空的,什么都没捞到。河边是蛤蟆的欢宴,我跟卓然贸然闯入它们的欢床,它们一点都不惊慌,该做什么还在做什么。河边不时有扑棱的水花声,那是雄蛤蟆在耐心地追逐,它总是从雌蛤蟆背上滚落下来,颓丧半晌,又开始新的追逐。罢了,我和儿子要走了,我们继续带着网子,去别处打捞适合我们的春天。

化蛹成蛾

生命的过程真是奇妙，当我突然发现有一只小小的灰色蛾子紧贴着倒扣着的丝网篮子休息时，我的心异常柔软地动了一下。

起初儿子把那几个棕红色的蛹带回家来的时候，他充满了期待。他说这一定是蝴蝶的蛹，破茧而出的一定是几只斑斓的蝴蝶。我帮助他把蛹放在一只长方形的开口网盒里，用一只丝网篮子扣住。然后，我们开始一起期待破茧而出的蝶。

那些已经接近成熟的蛹陈列在里面，偶尔有一只会摆动一下腹部。我们猜不透它们在里面究竟在怎样发育和成长，也判断不出究竟哪一只已经完全成熟并在夜里悄悄破蛹而出。但有一点很确定，我和儿子都认定出世的将是一只蝴蝶，绝不会是别的。我们甚至还讨论过蝴蝶的样子和色彩，儿子认为那有可能是一只红黑条纹的凤尾蝶，而我则希望它们是飞在草间的淡黄色蝴蝶，我们争论不休，最后，还找了纸各自画了期望的蝴蝶样子悬在网盒上方。

可是，那天早上，当我像往常一样怀着期待奔到窗边的时候，却呆住了。一只灰色的小蛾子贴在网上，灰褐色的小翅膀服服帖帖地打开，像屋脊一样。它的样子太不出奇了，枯叶样的翅膀上有三圈淡淡的纹，里面两圈细浅一些，外面一圈粗重一些。它大约刚从蛹里挣扎出来不久，正紧紧地贴在丝网上休息。那列蛹里有一只紫红色的空壳滚在一边，大头的那端破了个洞，裂开了，用手碰一碰，颇有些硬度。我思忖，那娇弱的小蛾子是如何挣扎出来的呢？

要在往常，我会厌恶这样毫无特点的蛾子。就好像是小时候无端地嫌恶晚上乱飞的蝙蝠一样，感觉它们完全是不安分的老鼠企图冒充小鸟，不伦不类。蛾子也是一样，它们像在东施效颦一样，模仿着蝴蝶，可又不如蝴蝶纤巧和轻盈。蝴蝶飞舞在阳光下、花草间，像精灵一样点缀装饰着自然,可蛾子呢?在白日栖息,夜间却上演飞蛾扑火的闹剧。然而,我一直嫌恶着的蛾子,却在我跟儿子无限的想象和期待中出世了,它那样脆弱地栖息在那里,似乎是明了我的心思的,娇怯而自卑。我的心蓦然触动了,触疼了。它别无选择地出生在我的家里,被我跟儿子关注和爱护着,被当做蓝图一般设计和展望着。可是,它不是我们期待的,它因此就有了罪过吗?不,尽管它貌不出奇,但它是我和儿子的蛾子!仅此,它就与众不同了。

当我告诉儿子有一只蛹已经破壳的消息后,他兴冲冲地跑过来,一眼就看见了那只不起眼的蛾。他的眼神一下子暗淡下来,小脸上露出沮丧的神情。他把丝网拿到窗户边上,在亮光下仔细观察那只柔弱的蛾子,片刻,他的表情缓和下来了。他说:"其实,这个小灰蛾子还挺可爱的,比我从前见到的蛾子都可爱!"他又对我说,"妈妈,等小蛾子休息好了,翅膀可以飞了,就把它放掉吧!让它去找它的爸爸妈妈。"我点头,打开窗,揭开丝网。小蛾子振了一下,似乎被蓦然涌进的新鲜空气吓着了,但转瞬间,它就振翅飞起,斜斜地飞落到窗外的槐树上,消失在叶间了。

我和儿子捧着腮,凝视着窗外那棵小蛾子栖息的树,继续编织着小蛾子的故事。在我们的故事里,它又可爱又聪明,还很勇敢,能战胜许多挫折。这只蛾子在我的家里经历了被期待的过程、诞生的过程。这个过程让它与我们建立了相容的关系。我想,以后我们在路灯下散步的时候,抬头看着在灯光下飞舞的蛾子,也许会生出一些会意的柔情。

沿着尕巴河行走

　　八月的尕巴河跟它的名字绝对相称，"尕巴"是"绿色的"意思，这条小河就在绿树葱茏的香子沟里蜿蜒。我们在外面看到的山，多半是峭奇峻拔的，总有触目的石壁在葱茏中裸出来，似乎在展示自己不同寻常的个性。但藏在深处的大山却是温柔的，山势异常平缓，一波一波的漾过去，山体上覆盖着茸茸的植物，不像是山，倒像是有些波澜的草原。野花也眼见得种类丰富了，有在枝头挑成一串的紫铃铛，有一穗数朵的黄絮子，有一团一簇的粉紫色药棉花，有像麦穗一样紧凑的红索索……这些不知名的花儿，在这无人搅扰的山野里恣意开放。

　　藏在草丛里的昆虫放开嗓门鸣叫，它们似乎明白自己是山野的主人。大多蛐蛐都直着嗓子"吱儿——吱儿——"，它一点儿都不觉得自己的歌声单调，只是很满意自己当前的生活，于是，就大声纵情地喊叫出来。但偶然也有异样的鸣声，有蛐蛐在前方发出"唧唧吱——唧唧吱"的歌声，似乎是按捺着狂喜在温柔地挑逗，那声调里有种讨好样的亲昵。我知道，前方那棵生着红果的小树下面，一定有只雄蛐蛐发现了称心的情侣，它可能正骄傲地站在一棵绿草下面，支起翅膀，激烈地振翅，然后奏出给情侣听的曲子。

　　我小心地接近那棵小树，蛐蛐马上警觉了，歌唱顿时终止了。我停下来，又悄悄退到小路上。我怎能贸然打扰这山野中的情侣呢？这场带着青草芳香的求爱应当是平静而自然地进行。我知道，八月的山野正是各样昆虫春情躁动的季节，它们的爱情必须赶在秋凉之前完成，然后把自己的种子播在某片草叶上，以完成它来到这个世界的终极使命。我继续前行，各样鸣虫声嘶力竭地欢唱，这天籁之声连成一片，让人甚至分不清是寂静还是喧闹。转过一个山弯，尕巴河依然淙淙着顺谷而去，而我们眼前，则出现了用木栅栏圈出的牧场，还有两幢镶在山

69

坡上的房子。

这时,草里的一堆乱石下面,骤然传来蛐蛐带了颤音的"吱……"声,像是激情后蓦然哑了嗓子,又像激情来临之前压抑的颤抖。这种声音表明一对蛐蛐联姻的成功,它们正藏在石头下面,进行天籁掩护下的交配。这些生命的声响让人感动,它们如此忘我,不循规矩,因为活着放声歌唱,因为爱情放声歌唱,因为繁衍放声歌唱。也许,它们在秋凉后生命的最后一刻,也会尽力发出"吱……"的奏鸣。

尕巴村一定很少有外面的人来访,所以,面对突如其来的客人,他们显得激动又手足无措。阿布达盖的老母亲带着小孙子,一边小心地探看我们,一边从侧院的栏杆门里走出去,直走进金黄的油菜花地里去。阿布达盖夫妻为我们准备了酥油茶,还有酸酸的沃奶,端来炒面匣子,让我们就着酥油捏成糌粑吃。他们看着我们生涩的动作,憨笑着说:"你们外面来的人,一定不习惯。"阿布达盖懂汉话,也能说一些汉话,但他的妻子,则完全听不懂汉话,她很羞涩,高挑的身姿房里房外地忙碌着,脸上的酡红不时地漾起笑容来。

跟阿布达盖夫妻告别,向站在油菜花地里的老阿婆和小孩子挥手。我们走出很远,他们依然立在原地,远远地眺望。两只藏獒似乎很久没有碰到过陌生人了,挣着链子扑跳着,怒声吠叫。下山的路上,我们又邂逅了小男孩央达拉,他跟他的弟弟拉莫多吉赶了几头小猪上了山坡。那几头小猪欢乐地奔跑着,不时地停下来,把嘴巴拱进这里,又拱进那里。

千万只昆虫依然在纵情鸣唱。这是一片生命的原野,它们毫不防备,把每棵树,每株花,每块石头都当成恣肆的舞台。尕巴村,尕巴河,绿色的村庄和河流。它们向来无人侵扰,我们偶然被引领到这里,膜拜了生命的静洁之后,会安静地离开。

情书里的天籁

　　我爱!我最近像鹰一样,久久盘桓在冶力关只有蓝天和云朵点缀的上空。我试图寻找一块无人留痕的青石,降落下来,把我犀利的爪痕嵌在上面。当你循着我的气息来到这里的时候,一定会有冥冥之中的安排和指引,让你也栖息在那块青石上面,你的爪痕将跟我的印迹吻合。那一刻,我爱!我们的气息瞬间相通,爱情将超越时空。即使我远离这里,在地球另一边生满苍苔的巨石上踞坐,我依然会感受到心灵中颤栗一般的欢跃的隐痛。

　　我爱!我今天选择了一条最普通的沟壑,沿着一条最普通的河流行走。这里鲜见游人,只有一个老人躺在沟底的草滩里仰望清澈的天空,他不远处的板家河河滩里,几只牦牛在埋头喝水。我的行走惊扰了他们的宁静,老人坐起身来,手搭在眉前遮成凉棚将我打量,饮水的牦牛也转过头来,大大的黑眼睛将我凝视。我爱!这位老人,和那几头悠闲的牦牛,将是在时空转回中停歇下来的见证,他们会亲眼目睹我在那棵树下仰望,在那块石头上斜倚,在两棵树干搭成的小桥上走过,在那段急转的溪流里撩起一捧清水……

　　我爱!我从来没有见过这么嶙峋的溪流。石头,满滩的石头,满沟的石头,满眼的石头。而那条清莹莹的溪流,就在这棱角锋利的乱石滩里汩汩而流。如果我是溪水,我就是像这样的最柔韧最执著的溪水,我不怕你质地糙硬,更不怕你边角犀利,我会照着你的形状,宛转而过,让你在最酷热的阳光底下,也感到彻骨的舒爽和清凉。如果我是石头,我就是像这样的最粗糙最天然的石头,我不用斑驳的青苔掩盖我不起眼的躯体,不摆出惹眼的姿势让别人驻足,我裸出天然的本真,在你清凉的抚摩里一再清洗。

　　我爱!前方有长满红桦和白桦的山坡,它们有的年轻峭拔,有的则

被时间刻上了沧桑的痕迹。有阳光自山顶穿透桦树林,树干上闪耀着绯红或者银白的闪光。我爱!红桦和白桦的树干硬朗挺拔,而糙皮桦则树皮翻翘沉默苍老。要是我来选择,我还是选择做一棵最不起眼的糙皮桦吧,那两样饱纳人们赞美的白桦和红桦就留给你做!只要日日用我的粗糙和斑驳陪衬你高洁的美丽,我便甘心!我甚至可以翻卷开我的树皮让人们剖揭,只要能保护你完美而高贵的躯体。

我爱!我拽着青草爬上山坡,脚底下潮湿而柔软,有很多桦树的断枝静静安躺在正在化为泥土的败叶之中。我刨出半截跌落不久的白桦断枝,将半面尚未腐化的树皮揭下。我将在它上面书写一篇永不寄出的情书,只让蓝天记住我曾经在幽静的山谷里痴情地盘桓,只让桦树林记住我曾经深情凝望着树干上的眼睛,只让溪水听见我曾经悄声的低语和吟唱。我爱!要是你与我息息相通,你会受到灵魂的昭示和指引,你会离开你坐了千年的巨石,来到这幽静的沟谷中伫立倾听。而这几片险些归于尘土的桦树皮一定因我的书写欣喜,爱情的字迹将在树木的年轮里获得永生。

我爱!我坐在溪流盘绕的石头上书写,阳光洒在生满眼睛的桦树皮上。不远处的石头上落下两只小鸟,黑顶白颊,橘红的俏尾巴。它俩相对啭鸣,"嘀哩哩,嘀哩哩……"长尾一点一点。我爱!你没有翅膀,我也没有随风传送的歌喉。你只能在思念里打坐,我只能在纯美的山野里抒情。爱情的文字写满了几张桦树皮:一片我让它顺溪而去,捞起它的人一定会爱情完满;一片我抛在久坐的石头底下,权当是为潜藏起来的昆虫情侣吟诵;一片我放在那两只鸟停留过的石头上面吧,让歌声顺风而去,让孤单的耳朵突然听到原野的声音。

它的名字叫呼吸

　　只一眼,我就知道,它是我的。

　　它本是一块普通到不能再普通的石头,像用泥巴抹了脸的乡下孩子,灰头土脸的。但乡下孩子都是土地里的小人精,他们在泥巴里拱啊拱的,就会拱出一个滴溜溜的小脑袋瓜儿,土渣子抖搂抖搂,骨碌碌的眼珠子也眨巴起来了。那块撂在院墙背后的石头就是这样,足足的精气神儿都掖着藏着,看起来暗淡得都快跟土墙浑然一色了,它窝在暖暖绵绵的尘土被子里,无所事事地晒太阳,装得跟没事儿人一样,也斜着眼,等待着……一个人,一处留意,一番打量,一方温温的掌心。

　　特别的日子往往并无征兆。那一天,对乡下人赵书生是这样,对那块灰突突的石头也是这样。天蓝得安静,云稀落落的,风懒洋洋地吹过去,母鸡天天都在墙根儿上刨土,刨一刨,啄一啄,公鸡在边儿上踱步,志得意满地昂着红冠子,那块石头忍不住一个哈欠连着一个哈欠,留着神儿的眼也禁不住要搭蒙下来了。就在这样的没有一点儿预兆的时刻,乡下人赵书生就筒着手转到自家房背后来了。

　　家住肖金东庄子的赵书生可不是一般的乡下人。在挺大挺大的董志塬上,真正的乡下人已经为数不多,而赵书生就是凤毛麟角的一个。他打心眼儿里欢喜生养他的这块土地,家安在一抹子铺排开的大塬上,心里真是厚棱棱的塌实,从家里往南走那么百十来米,是一条深豁豁的大沟,那条沟可不是顺长裂开的大口子,它曲里拐弯的,像一条大河,在远处拐一个大弯。每当赵书生筒着手站在沟边儿上瞭一瞭,心里就乐滋滋地叹着:这沟多深啊,这土多厚啊,安在这里的家该多么敦实牢靠啊!

　　他还打心眼儿里欢喜自家养的那群鸡,那些鸡都披着深红色的羽毛,像在阳光里整天整天腌着一样,母鸡们都生得丰润,迎风散在院里,胸前吹起一涡一涡软和的羽毛花儿。两只公鸡天生威仪,昂首阔步的,红羽红翎衬着红冠子,脑袋和着踱步的节奏点着拍子,扑棱棱,飞上玉米架,扑棱棱,飞上矮墙头,扑棱棱,飞上草垛子……运足了气,脖子弓一样绷紧了,喔——喔——喔——赵书生激灵一下,像被惊醒了一样,他觉得,他内心某一块地方被唤醒了,他是个乡下人,但,一定是一个不一般的乡下人。

他是什么时候被唤醒的?他自己也记不得了,也许是7岁,也许是12岁,也许是19岁?总之,是很年轻很年轻的时候。他的太爷爷是清朝的举人,他的爷爷是私塾的先生,他的爸爸是乡下的农民,家道是眼见得败落了,但那股子藏在血脉里的墨香却传了下来。他灰突突的爸爸瞅着他说,你记住咱家本是书香门第,你的名字叫书生,赵书生。依着族谱,他排到了涵字辈,族里人要给家里的男丁上家谱,总不能冒出个旁门左道吧,于是,写家谱的人自作主张,写下赵涵录三个字,涵录成了他被族里认可的官名儿。但他可不待见"涵录"这俩字,他记得很牢,他叫书生,他家本是书香门第。

后来,他成了一个匠人。

之所以含糊其辞地说他是一个匠人,实在是因为没法明确地界定他,说他是石匠也成,木匠也成,那些根雕算什么呢?没有个根匠的说法儿吧!还有那些画儿呢,牛皮纸上画的,木板上画的,草纸簿子上画的,红蓝铅笔画的,圆珠笔画的,蜡笔画的,颜料兑了煤油画的,要不,就再安给他一个画匠吧。哦,还有那些用色粗糙但又独到的油漆面儿,是不是还能说他算个漆匠呢?

可是,即便是多高明的匠人,他也还是个乡下人,而且,是个凤毛麟角的真正的乡下人。之所以这么说,是因为他实在是太欢喜这块土地上的事物了,也因了他的欢喜,他家的鸡群在院子里踱得真是优游自在,没人赶,没人打,没人嘘嘘地呵斥,即使生人站在院里,鸡群也旁若无人,它们就当你是一棵装扮过的树,绕在你脚下寻食,与你擦腿而过踱去另一边。他家的狗也吠叫得威武,那是只平常的土狗,一般的乡下人都不喜欢养土狗了,他们试着接受那些来自城里街头垃圾堆的小屁颠儿狗,都是杂交品种,父母及血统均不明。只有真正的乡下人才养土狗，当然，他家的土狗同样血统不纯父母不明，区别是，它来自大地上地地道道的乡村，是土里生长起来的活物。对了，还有一只猫，棕黑色的，它悄无声息地在房顶和墙头上疾走，矫健而骄傲，转而，它又驯顺地卧在门角的太阳坡里，太阳沉下去了，它不见了，吃饭的时候，看见它蜷在灶膛那儿的木墩子上。

总之，生活在赵书生家，鸡啊狗啊猫啊啥的，它们都很骄傲，这样的风骨是怎么来的呢？就像一个成长中的孩子一样，被发现了，被欣赏了，所以，昂起了骄傲的小脑袋，挺起了骄傲的小胸脯。看，到处都是它们呢，房子外面的墙裙上雕着，活生生地，唤一声，兴许能走下来。板凳面儿上，柜子门上，手杖的柄上，都是它们的样儿。土炕上破破烂烂的纸箱子里装着什么呢？打开来看，呛人的尘土味儿后面藏着伶伶俐俐的它们啊，伸手拿出一只根雕老鼠，却听见箱子里壳啦壳啦响，低头看时，一只灰老鼠正慌慌张张地挤出角缝儿，一头钻到房背后去了，呀，难不成是成精了？

哦，还有一块石头卧在他家房背后，窝在尘土被子里，等着谁呢。

若是等到了不一般的乡下人赵书生，那可真是它命好。若是等不到赵书生这样一个人，一般的乡下人是拿它不往眼里去的，拿回去压菜坛子吧，五棱暴翘的，实在是不规整，拿去压个秧菜苗子的塑料棚布吧，又太大了些，那就随便扔在哪里吧，可这都挺碍眼，不留意，也许就磕了谁的脚呢。

还好，那一天，乡下人赵书生就筒着手转到他家房背后来了。房背后的杂物可真多，都是些朽木烂树根之类的，皮卷须翘的，实在看不出什么好形状来。但赵书生可不是一般的乡下人，他能，他血脉里有一双洞察的眼睛呢。他筒着手，圈着腰，缩着脖子，大塬上的冷风把所有的物什都吹得缄默了，只有赵书生的眼睛还活泛泛的。他笑眯眯地瞅着这堆杂物，手痒痒的，可是，他还得养家，最近还在给外村的人家盖大房呢，所以，手痒归手痒，只能看一看，让那堆烂物里面藏着的精精神神的活物在心里蹦跶一蹦跶而已。他动手拽拽这个，摸摸那个，呀，脚真的被什么东西磕着了，真疼！冬天的疼可是真疼，皮肉被冻得木木

75

的,磕着了,就疼在那一个点上,也不扩散,就那一点生生的疼。赵书生低头瞅一瞅,用另一只脚把磕了脚的石头推了推,然后,弯下腰,把它拾了起来。

它被惊醒了,小心体察着这陌生的又很舒适的温度,甚至还动了动。赵书生端详着它,不像一整块石头,倒像是两块单另的石头,觉着孤单了,挨挤在一块陪伴着,日子久了,就长在一块儿了。他眼里渐渐浮出两只偎着的小兽的模样:高点的端稳些,睁大一双警醒的眼,似在守护,矮点的慵懒地卧成一团,一脸俏昵安心的幸福模样。

它改了模样,一块丑丑的石头,变成了两只偎得紧紧的小兽。

我第一眼见它,它们俩卧在一张红漆木桌上,身后是一张老照片,赵书生的举人太爷爷和太奶奶各自端坐,两人都是一脸的板正端肃。它俩可不管这些,反正不受教化,只要爱,想怎样便怎样,即使脑袋各有方向,但神情里的安适自足让人羡慕。分离是什么玩意儿?不知道!不离不弃是个好词儿吗?它俩的字典里可没这词。生生世世,地老天荒,那可不就是自自然然的事情吗?哪里用得着欲泣欲诉……

黄昏,阳光进了屋子,挪着移着,又上了红木桌,很快,它俩就罩在里面了。它们动了动,略略改了点姿势,矮点的那只斜睨了眼瞧着我,张开的嘴角微微翘上去。我把手轻轻抚上去。真凉,我哆嗦一下。真暖,它们也哆嗦一下。我弯下腰,仔细瞧着它俩,心下说,你是我的。它们还是那样大睁着眼,蓬蓬勃勃地斜睨了我,回应说,你也是我的。

此刻,我们相互拥有。它俩在我们的家里如鱼得水,两个小鸟巢摆在面前,它俩偷偷伸出前爪按了按;寒蝉和蝈蝈在书柜里一截枯木上待了好几年了,它俩不动声色地诱它们过来;梧桐的种实越放越焦黄,香味儿也越浓了,它俩哈喇子都快下来了;后来,它俩看见风干了的玫瑰开在头顶上,心大大地动了动,都朝上瞧着。这时,"他"不说话,"她"也不说话。

我听得见它俩的呼吸,紧紧缓缓,一呼一吸。

我们永远不能忘记那个生活在东庄子的不一般的乡下人赵书生,他发现了一块丑丑的石头,把它变成了一个石雕。石雕来到了我的家里,活了过来,成了两只相爱的小兽。我给它俩起了名字,小呼,和小吸。

从此,我,和我的呼吸,幸福地生活在一起。

第贰辑

忧伤

　　一圈山，一条河，一片荒野，一垛被削断的古城墙，一道随四时变化的岸，一棵将无数手臂伸向天空的树……这些，都是她的珍宝。如果，河流哑声了，山野暗淡了，城墙塌成土了，树木颓然垂下胳臂……那该如何是好呢？

人间再无青娘子

　　闺蜜发短信来:你阅虫无数,人间可有相思虫?

　　我回复:确有绿芫菁别名叫相思虫,此虫虽入药,却不治相思,毒性甚猛,克癌。你在何方单身行侠?难得与我说相思二字!莫不是动了真春情?

　　片刻,乐声起,手机屏幕上闪着她的名字,接通,传来尖声大笑。她叫:我在大理,正在摘蝴蝶翅膀,待我摘满一信封,特快专递给你寄回去,心疼死你,给蝴蝶写祭文写死你……

　　我笑,并不与她争执。自少年时我俩相识为友,她便以言语虐我为乐。一日,我俩在校园台阶下发现一只拇指大小的老鼠幼崽,不知为何与母亲失散了,毛尚未长全,吓得哆哆嗦嗦的,碎步子向前跑一小截,觉着不安全,又碎步子退回台阶下缩进角落里。她一把揪住尾巴提将起来,在我眼前晃悠,她说:"你看着,我摔死它,为民除害!"我恳求她、说好话、鞠躬作揖、承诺发誓……她乐不可支地瞧着我又惊怕又可怜的样子,"那好吧,我就看在你的分儿上,给它一个好死法,踩死它,捏死它,哦算了,还是淹死它吧!"她边说边留神她的话在我身上发生的反应,觉得下药不猛,又补充说:"干脆用沸水,瞬间毙命,嗞啦一声!或者浇点油,用火烧?"我捂着耳朵,蹲在地上,就差一把眼泪一把鼻涕给她跪下了。她得意非常,笑得咯咯响,把小老鼠放掉了。如此种种,罄竹难书。起初我每每中招,总是如她所愿,汪两泡眼泪做出种种可怜哀求之状,她乐够了,终是放生。后来,我号准她的脉,任她提溜着什么小玩意儿在我面前咬牙切齿,我都板着脸不理会,她终究没辙。那时,我不叫她名字,只喊她话虐狂。

二十年过去,我为人妻,为人母,她至今未婚,仍是那个话虐狂。但这次味道有点不一样,不似以往的辛辣,似有苦涩。

她恶狠狠告诉我,她不幸坠入不伦之恋,爱上了有妇之夫。我取笑她,照你那骄纵张狂不饶人的脾性,撬他过来便是,何来不幸之说啊!她悻悻然,撬他倒是容易,就怕他们千丝万缕千头万绪扯不清,若不是个完完整整死心塌地的,撬来何用?她长叹一声,低了声息,幽幽然问我,当年讲给你的相思蛊可曾记得?我笑,当年你不思读书,终日琢磨着给这个放蛊给那个放蛊的,我差不多听成半个巫婆了,怎不记得?她哈哈大笑,那好,既然你识得相思虫,相思蛊就交给你做吧!完事喊我。说毕,电话断。

我晕!

年少时她常唬我,说她是巫婆转世,奈何桥上靠花言巧语逃过一碗孟婆汤,所以而今还记得好些给人下蛊的法子。我不以为然,知道她是南方人,儿时常听祖母讲神秘可怕的巫术故事,我估摸着她就是被祖母用这些吓人的故事吓大的,如今角色倒转,她成了祖母,我成了儿时的她,她整天想法子话虐我。她不爱学习,各科作业连抄都懒得抄,被老师逮着教训了,就嘀嘀咕咕给这个老师放蛊叫他口脸歪斜,给那个老师放蛊让他瘸腿驼背等等,但被她信誓旦旦点了名的老师,终究好好地站在讲台上。至于相思蛊,记得是从哪本书上看来的,大约是本武侠小说,小说里不尽是侠骨柔情,必须还得有阴毒诡异的磨难候在路上,这相思蛊,就是其中挺唬人的一个法子。放蛊放蛊,她只是说,我只是听,从未放过,相思蛊更是小说里没来头的杜撰,即使我识得相思虫,又如何做得?更如何敢做?

据小说杜撰,有罕见雄雌相思虫,天各一方,每年春醅时循气息而来,一虫一气息,气息相投者交合,交合后即连体再不分离,交缠并生,至排卵、卵破、子嗣离去,连体相思虫开始分泌丝腺,最终成茧。这茧,便是相思蛊,相思虫在茧中缠绕蠕动,永生不死。食此蛊之人,自此不可对异性动心、动情,否则,相思虫将分泌毒素,让人痛苦异常,更不可动欲念,否则,相思虫将破茧而出,让人受万箭穿心之痛。

我发短信给她:你何时弃恶从善了?要立地成佛,六根清净,绝红尘欲念了?

她的短信闪过来:哈,我如此歹毒之人,怎舍得给自己放蛊?我是给那个有夫之妇备的,叫她从此绝情,再也想不得他!

我想象着,这些字一个一个从她唇间迸出来,恶狠狠的,咬牙切齿的……不觉有泪涌上来。她还是过过嘴瘾,说说而已,一如当年。

音乐声起,手机上她的名字在闪。

她嘲弄我,"我就知道你又掉眼泪了,瞧你那没出息样儿!"

我抹抹眼泪,笑。

"说说你认识的相思虫吧,还真有?"她平静下来,语气温柔。

"它学名叫绿芫菁,相思虫是它的别名,不知是怎么来的。另有一别名我喜欢,叫青娘子,很合它相貌。它通体青绿色,鞘翅上闪耀紫金色、红金色、绿金色、蓝金色光芒,很美,喜欢吃花朵,体内含斑蝥素,有剧毒,医学上用它攻毒逐淤。"

电话那头,她轻轻笑起来,一阵接一阵,持续不断,声音也渐渐大了,终于,就像我惯常听到的那样,她哈哈大笑起来。

我不笑。我静静听着,等她笑完。

她喘息着,"你不觉得,这青娘子是我吗?美丽,有剧毒,男人见我,又爱又怕。"

我说:"青娘子不是活物,中药方子里才这么叫。它可不像你,它被晒干烘干了,顺顺溜溜躺在药格子里,等着医生下的药方子。你连头发丝儿都是活的,都要站起来跳舞。"

她又哈哈大笑起来,"那就更是了,青娘子是药,男人有病的时候才想吃,没病的哪个敢吃?"

电话挂断了。

片刻,短信来:我给自己放了蛊,人间再无青娘子。

蝎子穿越森林

现在,正是夏天,白天有灼热的日光,晚上有习习的清风。这正是蝎子繁荣成长的季节,它们的长势跟山头上茂盛的草棵子一样,壮实、葱郁。它们的每一个关节里都传出微弱的成长的呼声。白天,它们蜗居在森凉的地穴里,潮湿阴凉的地气润湿着它的盔甲。洞穴出口那里,有锐利的日光射进来,白亮得像一把刚开刃的刀子,它惧怕这把刀子,就像惧怕强大的人类。晚上,它们爬出洞穴,在玉白的月色底下乘凉,觅食,或者交配。它们用带毒刺的尾巴相互勾连,用它们强大有力的触肢招呼问候,它们紧挨着地畔、墙缝、树根、沙石透迤而行,月亮就挂在天上。可是,它们从不抬头看月亮,就像它们本能地拒绝日光一样,似乎这样就能把自己跟人类隔离开来,人类应该在日光下潜行,蝎子应该在夜幕下前行。然而,这个世界本就没有绝对的分界,更无所谓什么潜规则,就像月亮的薄光一定要借着太阳光芒的反射一样,白天和黑夜就这样混沌着糅合了。

婆婆家在一个叫马崖坳的小山村里,这个小山村正像它的名字一样,周围是不高的一环一环的矮山,正中心的漩涡处零散地分布着人家,半山上有,山底下有,河边的平滩上有,翻过一个斜坡冒出的稍微宽敞些的沟卡里,也插针样地塞着一户人家。当你站在山顶俯瞰时,你会觉得这个村落是上帝不小心撒落的一盘棋子,错落无致地分布着,那些人家要比最茂盛的草棵子显眼些,但却随时可能被连环层叠的山洼洼吞没。这里的人家,因为没有便利的大路跟外界相连,所以他们很难有庄稼以外的收入,但是,他们有蝎子。一年中3月到9月这段时间里,野生的蝎子跟万物一起复苏。这村落里的人家也像是突然从冬眠中苏醒过来了,他们白天在地里劳作,晚上倾巢而出,夜晚的山洼被恍惚的人影和凝聚的灯光点亮了。他们在脖子上挂着一只深口的玻璃瓶子,一手提着矿灯,一手拿着筷子或者镊子,他们悄悄入侵蝎子的世界,眼里有贪婪的光亮,这光芒,既不来自太阳,也不来自月亮,这是生活的压迫给予他们的一种本能,要生活,要用蝎子换钱,一斤蝎子70元人民币被山外来的收蝎人收走,再由那些人转手到外面,用一百五六甚至二百出头的价格卖出。

这些山里人是知道这惊人的价格悬殊的,但他们从没打算改变现状,70元人民币似乎就是自己既定的命运一般,至于多出来的那一倍,自己是没有福分得到的,因此,他们仍然欢天喜地地去跟蝎贩子交换,从不抱怨。山里人这一点不开化的忠厚,跟那些蝎子的秉性有些相似。夜幕下的山洼本该是蝎子的天下,但人类闯进来了,带着让它们畏惧的一束束强烈的光线,还有冰冷有力的镊子。每一个有月亮的夜晚,都会有成百上千的同胞失踪,有的蝎子甚至还躲在土旮旯缝子里眼睁睁地看着自己的亲人伴侣被人类夹走。但它们不会因为人类来犯而改变自己的生活习惯,它们照样在夜晚出洞,照样焦灼地寻找可以交尾的伴侣,照样心怀叵测地接近一只忘我吟唱的灰蝗,照样在突然割裂夜幕的一束强光中茫然定住身体,然后被紧紧地夹住尾巴丢进瓶壁光滑的玻璃瓶子里去。

蝎子从来都不明白人类为什么对自己充满可怕的敌意,当自己很偶然地闯进他们的视线时,无一例外地听到人类的惊叫,然后就是穷追不舍地击打,直到置自己于死地。蝎子可能反思过这些问题,也许是因为自己长得过于可怕,九节鞭一样的长尾,末端上还弯回来一勾刺,强壮的触肢在前面挥舞着,似乎是与生俱来的挑衅。也可能是人类畏惧自己尾部的毒液,一针刺中,灼人的疼痛和红肿迅速由一点蔓延开来,刺在手上,会紫肿一条手臂。可是,邪恶的外表不过是威吓天敌的手段,能输出毒液的勾刺不过是在觅食战斗时要使用的武器,这一切,都是用来对付敌人的,而不是用来对付人类。蝎子从来不把人类当做对手,它知道自己应当谨慎地绕开这些大惊小怪的庞大物种。可是,能绕开吗?这个世界似乎被人类统领着。

一年暑假,我回娘家去,父母把我从前住的小房子收拾干净了让我住。晚上,我把身体裹在渗透着太阳味道的棉被里贪婪地呼吸,夏天的闷热突然间被什么驱散了。房间里是我熟悉的少女时代的印记：一张贴在床头的雪山女郎油画，一串已经失色的浅红色风铃，一圈紫色碎花的床帏，床头柜上的瓶子里，甚至还原样盛放着上初中时收集来的鹅卵石。我把脑袋深埋在有同样阳光味道的枕头里，心里充满喜悦。这时，我听见床底下传来清晰的"壳哇"声，细碎但清脆，一声连一声，似乎是一样脆硬的物体在触碰一件搁置起来的瓷盘。这声音就来自我身体下面的床底，那脆弱密集的抠挖几乎要接触到我的身体。我紧张地抓紧灯绳，轻轻一拉，灯亮了，那"壳哇"的声响戛然而止。我屏住呼吸，那制造声响的东西也屏住呼吸。啪嗒，我又拉灭了灯，不出两分钟，声响如故。我在黑暗中拉开床头柜的抽屉，摸出里面的手电筒，然后轻悄地下了床，在床下安静地蹲了片刻确定了一下声响的来源，猛地打开手电筒。在一束强光的光圈里，一只成年的大蝎子慌张地定在半墙上，尾巴坚挺地竖立起来，它下面的地上放着一只蒙了很多灰尘的痰盂，那"壳哇"的声响便来自那里面。过了片刻，墙上的蝎子似乎已经适应了手电筒的强光，不再像刚才那样目瞪口呆地愣在那里，它很快沿着墙裙的窄台爬走了，消失在手电筒照不到的黑暗中。我小心地把那只痰盂拉出来，往里一照，里面竟然有一只稍小一点的蝎子，它身边，还有一只残缺的但看来是新鲜的蚂蚱的尸身，显然是刚才那只大蝎子投进来的。在痰盂底部，铺着一层跟尘土蛛网混在一起的昆虫的肢爪，看起来絮絮连连的，像一团被丢弃的破渔网。蒙了灰尘的痰盂四壁也布满了细碎的爪痕，显然是这只蝎子试图爬出牢笼付出的努力。看起来，这只蝎子已经被幽禁很长一段时间了，它一直靠那只大蝎子的喂食生存了下来。我举着手电筒发了半天呆，终于把痰盂归于原位，爬上床睡到了被窝里。不久，那声音又响起来，我却不再恐惧了，我一直在揣摩那两只蝎子的关系，应该是母子？还是夫妻？第二个晚上，那只大蝎子也如期而至，当"壳哇"声如期响起的时候，我再次故技重演，把它罩在光晕的中心，然后伸手过去慢慢将那只痰盂倾倒。里面的蝎子静默了一会儿，恍然大悟一般连滑带划拉地爬了出来。我看着张牙舞爪地解脱了桎梏的蝎子，却恐惧起来，灭了手电筒，一下子跳上床缩进被窝里去。

可能，人类永远无法跟蝎子亲密相处吧，即使我救了那只蝎子，我依然对它心存恐惧。尽管我深深地被它们不屈不挠的爱打动，一个被禁锢，一个日日投食时时陪伴不离不弃，这样的情景在人类身上又能上演几出呢？对蝎子而言，不离不弃是一种本能，绝不更改。对人类而言呢？不离不弃只是一种语法时态，要随着时间的变化而变化。这样看来，蝎子显然要比人类高尚许多！可是，为什么？对这样让我敬畏的蝎子我仍然心存疑惧？我不怀疑它们对伴侣的忠诚，但我却怀疑它们能否懂得我施加给它们的恩典，因此，我先是救了它，然后惊慌地躲到安全的地方去。

　　如此看来，我似乎很善良？

　　是吗？不是！我的善良不是原生态的，它有庞大的背景。对那一直让我生畏的蝎子，只能是先有具体的情节来铺垫，这情节让人的心柔软敏感，于是我感动，在感动中生出悲悯之心，内心的善良也像涨潮一样涌上来。我会释放那只蝎子，在敬畏中，在被蝎子感动之后再制造一起感动，后来的感动是为自己，为自己大无畏的善良。而在一般状态下，我可能会被畏惧扼住思想，消除畏惧的唯一方式就是让畏惧的根源彻底消失。这，才是我，以及人类的本性。

　　母亲去世前的那些个日夜，我一直守护在她的身边。那个漆黑的夜晚，母亲原本艰难的呼吸突然平静了。房间里安静，院子里安静，整个世界都安静，安静得让我心里发慌。母亲还在我身边躺着，但她已经不是可以让我感到温暖和安全的母亲了，她躺在那里，生命的液体正在干涸。我帮母亲翻身，她的皮肤滚烫，似乎要把自己完全蒸发掉。我猛然看见炕角匆匆忙忙爬过一只大蝎子，我惊跳起来，先用扫炕的刷子一把将它拂到炕底下去，又着了魔障般的咚地跳下炕，使劲把那只大蝎子在鞋底揉捻着。我能感觉到它坚硬的壳和带毒的尾在我鞋底有力但绝望地发出阴森的"壳哇"声。我浑身的皮肤在那一刻紧绷起来了，我的脚掌发软，额头冒汗，恐惧铺天盖地，像不会游泳的人溺了水。我倾尽我身体的重量在那只脚上，我踩！我搓！我踩！我踹！在终于不再感知到它的力量了的那一刻，我的眼泪奔腾而出。我趔趄着爬上炕，木然地看着母亲，木然地看着地上不成形状的蝎子的尸体，母亲一点

都不知道我的恐惧,她那样安静,安静得跟那只肢体凌乱的蝎子一样。房子中间隔着个大布帘子,帘子里面是母亲的棺材。这时,一声爆响,像瓶子炸碎了,像重物落地了,像炮仗燃放了……那声音是从帘子后面传出的,帘子后面只有母亲的棺材,那是口空棺材。老辈人说,人该走了,板(棺材)响!我一时虚汗滚滚。母亲突然睁眼看我一下,很清晰地说道:"把东西拿来备着!"她说的东西是老衣!

母亲去世已经快三年了,这一幕却在不断的回想中越来越清晰。一个漆黑的夜晚,一只被我踩死的蝎子,一声突如其来的爆响,母亲清晰的语声……一切都安静了,世界、房子、蝎子,还有母亲。我常常泪如雨下地回想,我为什么要杀死那只蝎子?如果我没有杀死它,母亲会不会不在那个夜里离去?可当时,我什么都没有想,大脑一片空白,一切都被恐惧支配,所有的动作都是在恐惧的背景下本能地完成的。

那么,恐惧,就是恶之本源?就像一个小孩子,抓住了一只美丽的蝴蝶,他得意地到处给人炫耀,可是突然,蝴蝶柔软滑腻的长腹弯翘起来一抬一点触到孩子手上,或者蝴蝶细丝样的腿爪凌乱地舞动着抓痒了孩子的手心,孩子惊叫起来,被这样突然而且不大舒服的碰触吓着了,他猛地把蝴蝶投到地上,不管不顾地用脚踩了上去。成年人也是一样,他们杀死蝎子其实并不证明他的强大,相反,他是畏惧蝎子然后才痛下杀手。

是这样吗?是,还是给人类的恶行开脱?我想不明白。

但我知道,此刻正是夏天的深夜,那个叫马崖坳的小山村里正是凉风习习,蝎子纷纷出洞,有的去给孩子觅食,有的在无法按捺的热情里积极地寻找伴侣,有的竖立着坚挺的毒尾猛地一甩刺中了猎物柔软的腹部,有的藏在阴暗的缝隙里竭力打开生殖腔让几十只大米粒一样的小蝎子分娩出来,有的正叠加在一起欢乐地交尾。而那里的村民,正逡巡在蝎子的栖息之地,他们强壮的腿脚跨越在蝎子的世界里,如同肆无忌惮成长的森林。他们在蝎子的世界里大摇大摆地行走,蝎子在腿脚的森林里忘我狂欢。

游走在记忆中的蛇

走在刚刚被雨水浸润过的河床上,那感觉是奇妙的。一度干旱留下的龟裂刻痕依然存在,但裂缝的罅隙已然柔和许多,它们只是微微张着嘴巴,柔软而湿润,随时要闭合的样子。我的脚在这弹性的河床上不断地陷落,又不断地拔出,像初学弹琴的人,笨拙地把琴键按下去,提起的手指总是欠灵活得慢收了半拍。

在这样惬意的行走中,我蓦然站住。在我面前,躺着一条草绿色小蛇的完整尸身。它的眼睛凹陷,皮囊干瘪,下半截有连续三个柔软的弧度,象征着它曾经的灵巧柔韧。没有风,但我的耳边却霍然响起呜呜风鸣,四面楚歌,八面埋伏,我的心突出重围,倾轧在山野之间。小蛇的尸身了无生气,它从此与鲜活的山野隔离,它成了一个恰当的引子,拨开记忆的草丛,倏忽一下,那些个存活在记忆里的或野性或温情的小蛇滑掠而过。

那是一条和我做过朋友的小蛇。我偶然发现了它,在一个半明半暗临沟而建的地坑庄子里。它最多有十厘米长,刚刚从大门套子的土墙缝隙里游走出来,褐色的身体,但头顶却有一点菱形金红的冠。我们俩同时怔住,我兴许是它见到的第一个异类。它怔怔地伏在地面上,尾巴小心地摆动一下。我也立住不动,察觉到它并不具备攻击力,但却被它头顶金红色的冠惊住,以我9岁大的经验,这点金红只能跟童话中的动物王族联系起来。

它很快从懵懂中清醒过来,迅速扭转方向,像一截柔软的丝绳一样游动,铺了浮土的路面上留下隐约的波纹。它消失在土墙下面的缝隙里,悄无声息的,似乎我们的邂逅仅仅是因为我在阳光下晃了眼,一个愣怔,路面又是白光光一片。我蹲下来,仔细察看它留在地面上的痕迹,像颤动的手指尖轻轻抹了过去,时有时无。我眼前晃动着那一点金红,心神渐渐惶惑。童话里那一个个戴了王冠的王子和公主逐一蹦了出来。一闪,他们显了原形,头顶有区别于同类的标志;又一闪,他们穿了精致的衣裳,变成面孔俊美的王子和公主。

我走到门套子里,在那个墙缝子前趴下,下巴贴了地面,但眼睛的高度还不足以看到缝隙里的光景。我侧了头,耳朵也贴了地面,蓦然看见三个小小的亮点,眼睛和冠,中间那一点光亮尤为凝聚,像一块菱形的火炭。我们都匍匐在地面上,默默对视了很长时间。它是蛇的孩子,我是人的孩子,我和它,对彼此都是未知的世界,没有恐惧,只有探究和好奇。以后,我几乎每天都爬到那里看看,那里似乎是小蛇的家,有好几次,我都在同一个地方看到它。有时,我们又在半道上碰见了,它依然对我保持了戒心,但并不惊慌,只是悠悠然掉转了头,游走的姿态和缓从容。

我一直相信我和它已经达成了某种默契,这种默契不为外人所知。我在父母和伙伴面前三缄其口,它也小心地瞒过了它的母亲。我对它是有所期待的,一切期待都集结在它头顶的冠上,我确信有一天它会发出人声,告诉我很多人类不知道的秘密。但是,事情总不像童话中描摹的那样完美,在现实中,人和动物之间的友情最后往往演绎成令人伤感的悲剧。对悲剧的概念,我那时就有了。我一直记得幼时随父母看了一场露天电影,影片中的莫愁女最后用竹筒拧下眼球,作为给爱人疗病的药引,然后投水而死。我当时不能流畅地呼吸,一系列的悲情完全超越了我的心理承受能力,当我指望着天助的时候,两个耀眼的大字赫然打到布幕上——"剧终"。跟刀子一样,直捅到我心里去,那种要命的痛楚再也不能复原。而我跟那条小蛇的悲情结局,是莫愁女盛放在碗里的两颗血淋淋的眼球,永远不可能有眼皮来遮掩,暴露在青天白日之下。

我去父亲那里上学。在假期里再见到那条小蛇的时候,它在我哥哥的铁锹底下已经成了两截,它已经长大了,还是褐色的身子,头顶一点金红。我惊诧地呆立在那里,无从表述内心的感觉,是怕,还是痛。一群孩子呼啸着追随在哥哥身后,他们用棍子挑着它的身体,一截扔到门前的沟里,一截撅到坡上的草洼里。我把被扔到沟底和草洼的它的两段身子找到,它看上去瘦瘦的,皮肤因为失血而松弛,头顶的冠失色了,仍是金红,却没了光亮的神采。我不敢用手摸它,用树枝夹着,把两段身子对在一起。大人说过,蛇的身体被铲断一定要分别扔在不同的地方,否则会有一种叫"蛇舅舅"的小动物来把它们接在一起,蛇就会复活了。

我的确是把两段身子接在一起了。但我却不知道它是否复活了。我坐在沟边的一棵树底下,风把树叶和沟底的草棵子吹得索落索落响,像是一条大蛇游走的声音。我的悲伤很快被恐惧替代,我想起它头顶那点金红的冠,以及那顶冠延伸出来的童话和神性。杀死它的人是我的哥哥,我深爱的亲人,他会因此遭到报应吗?我飞快地顺着小路滑到沟底去,去看被我接在一起的蛇。它比刚才更蔫瘦了,对接的地方松松地摊放着,没有一点点生命的迹象。它怎样才能活过来呢?如果我无法挽救它,"蛇舅舅"也没有找到它,那么,神性的报应就会降临在我的哥哥身上吗?我开始哭泣,并且跟其他孩子一样,本能地在抽噎中断断续续呼唤着"妈——妈——"

穿沟风向来爽利,一旦风过必然制造些动静出来的。这些动静非常可观,草棵子哗地歪向这边,风碰到沟崖上又折转身吹过来,草棵子哗地又歪向那边。半崖上的树斜生着,树叶个个命悬一线,一不小心,就被吹下几片叶子来,绿葱葱的,无奈地落下来。我哭累了,站起来,身边一阵异样的响动,一条大蛇隐约闪了一下灰褐的身子,没入草中不见了。我瞥一眼脚下,那条小蛇的身子依然软塌塌地摊放着,我激灵一下拔腿就跑。

多年来我一直在回想,那条从我身边游过的蛇,是它的母亲?是它的魂魄?是传说中的"蛇舅舅"?还是恰巧路过?可是,那条小蛇却就此永存了,它细小的身子在我骨节和血液里游走,姿态柔和顽皮。当我贴近土地的时候,它就打着哈欠醒过来了,它轻巧的尾巴触痒了我每一根神经,让我的感官清晰锐利无比,我匍匐在大地上,四处倾听生命的声响。

上帝的标本

　　林场的学校跟林场的招待所只有一墙之隔，墙是红砖砌成的，兴许是为了美观，也兴许是为了节省砖料，砖与砖之间错开缝隙，每层错落的距离不等但有序，最后，就形成了一堵镂空十字的镂花墙。那年的我不大不小，是正当令的时节，差点就到书本上常常又疼又惜赞美着的年方二八的年龄，小拳头般的花骨朵不知该攥着好还是张开好。这样的年龄很适宜这样的镂花墙，镂花墙那边冷清的院子和间或出现的几张新鲜面孔被镂空的小十字割得支离破碎的。我们下课之后，总有男生悄悄翻过墙去，沿着那边的墙根飞快地闪过来闪过去。男孩子的眼睛始终盯着这边，毛刺刺的眼睛快镜头一样从一个个镂空十字里闪过。

　　镂花墙那边的招待所生意并不好，住宿的客人多半是过路的司机，而且总是在夜间来到，大货车前面的大灯哗哗地打亮，长长的车身在不大的院子里左转向右倒车，发出扑扑的沉重的喘息声，一阵巨大的嘈杂声响过去了，便骤然沉寂下来，客人似乎已然一头栽进了梦乡。但这里毕竟是林场的招待所，被前后左右密密匝匝的小山圈着，山上覆盖着葱郁的植被，植被深处、再深处总藏着能诱惑山外人的东西，所以，总有一些身份神秘的山外人来到招待所里小住，他们白天消失在山上的植被之中，晚上久久地在有月无月的夜空下默坐。

　　我们只能在晚自习的休息时间里看到镂花墙那边的人，男女孩子们在几个最有可能看到那边人面孔的镂空十字边挤来挤去，每个人都貌似谨慎地发出嘘声警告伙伴不要发出声响，但是，每个人又都制造出比嘘声更响亮的大惊小怪的声音、憋在喉咙里咕咕笑的声音、推搡的声音。我敢说，每一个男女孩子制造出的声音都是蓄意的，对这些年方二八的少年们来说，终日为伍的天籁、山野、鹿鸣、鸟叫哪里能比得上一个神秘外来人的吸引力呢？可是，无论我们制造出多么大的声响，镂花墙那边的人都无动于衷，他像黑夜一样坐在那里，烟头一明一灭，骄傲、冷漠，叫人愤恨。

第二天的教室里弥漫着按捺不住的兴奋气息，一双双闪亮的黑眼睛在老师的眼皮底下交流着某种信息。窗外是一片果园，果园那边是山，裹挟着草木果香的风一波波吹进来，树叶涮拉涮拉抖动着，青涩的果子染了微微的红晕藏在叶间练习卖弄风情。一下课，班上两个不起眼的男孩就被大家团团包围起来。那两个男生昨晚溜出宿舍，翻过镂花墙，跟那个外来人并排坐在一起，黑夜敞开了胸怀，让月亮看见了星星，让星星看见了月亮，那两个男生成了骑在月牙上的童话。那个外来人是个作家，"作家"这个词像鞭炮一样在班上炸开来，噼里啪啦之后，余音袅袅。那个作家一点都不冷漠，他跟那两个男生说了许许多多话，都说了些什么呢？说黑夜里他能听得见山野里的蚂蚱、螳螂、蛐蛐在窃窃私语，萤火虫在巡逻，蝼蛄在发电报……那两个男孩用手比画着一本书的厚度，说那个作家写了那么厚的三本书，他来这里是为了构思一本长篇小说，作家还格外给两个男孩子承诺说会把他们俩写到自己的书里，他俩惊喜之余，特意就着月光把自己的名字写在那个作家的手心上。

教室里突然安静了片刻，大家用近乎崇拜的目光重新审视这两个男生，他俩从此与众不同了，因为他们的名字将出现在一本厚厚的书里，是主角也罢，是配角也罢，那么普通的、不起眼的、三个字的名字就要出现在一位作家写的一部书里了，这个消息多么惊人。在这个小林场里，得到一本书尚且不易，而他俩，就因为率先翻过了镂花墙，就成为一本书的一分子，将会被山外边成千上万的人看到，可实际上，他俩的名字是多么平淡无奇啊，他俩的人更是多么平淡无奇啊。我按捺住内心的惊涛骇浪，若无其事地插进一句话："说不准，今天早上作家已经把你们俩的名字洗到洗脸盆里泼院子里去了。"我的话像给一教室的少年卸了大包袱，大家哄的一起大笑起来。两个男生突然从被崇拜的对象变成了被讥笑者，无辜而天真的两个少年成了一大群少年嫉妒的牺牲品。教室一下子又吵吵嚷嚷起来，大家众口一词地讥笑两个男

天籁

孩的幼稚和奢望。

作家两天后就离开了林场,他道貌岸然的跟深夜到来的大货车一样,给这个冷清的院子里留下几条没有规律的车辙,留下突然打亮的刺目的灯光和扑扑的喘息声,然后就消失得无影无踪。作家从来没有走到镂花墙跟前来,从来没有留意过镂空十字里闪过的各样的眼睛,也没有试图向夜里翻墙过去陪伴他的两个男孩子道别。作家只是,在镂花墙这边的少年们心中,制造了一起并不崇高的轩然大波。

镂花墙从此成了少年们的心病,没有人再像从前一样大大方方地趴在镂空十字上往那边打探,大家都做贼心虚一样背靠镂花墙站成一排说说笑笑,个个脖子梗直,连头都不肯侧一下,可实际上,所有人都比从前更留意墙那边的风吹草动。这个变化让人又压抑又忧伤,仿佛关押起来的犯人得知刑期延长了,等待陷入了没有预期的时空,让人恐慌。我知道自己在等待什么,大家都在等待什么,我们被天籁围困,被纯洁的草木气息围困,嗅觉和视觉都变得迟钝了,我们日复一日地盼望着新鲜的外来人。

那一天下午,我站在林场场部门口的石头上,注视着两个刚下交通车的中年男人向我走来,他们背着双肩旅行包,提着方方正正的箱子,两人都戴着眼镜,一个皮肤黝黑,一个皮肤黄白,都显出有教养有风度的外来人的样子。我心如擂鼓,几次想扭过头去,但几次遏制住自己,我把双手插在口袋里,坚定地笔直地站着,坚定地迎着他们的目光。

"小姑娘,你们的山上,常见的动物有什么?"皮肤黄白的男人温和地问我,身体转了一圈,用手指着周围的山林。

我没预料到他们会问这个话题,为了准备跟等待中的外来人交谈,我翻阅了林场场部里许多无人问津的油印册子,比如这苍莽森林里各种常见的树种和稀有树种,还比如以林场为中心向外扩张出去的可供游走的景点,我打听到了塔儿湾那里石塔的来历、子午隧道那边月牙泉的背景、林场附近荒芜的"碧落霞天"遗址境况……我随时准备以解说员的姿态出现在他们面前,口若悬河,让对方听得目瞪口

92

呆……但是,他们问我山上的动物有什么,我毫无准备。我的回答又慌张又凌乱,"有野猪,有鹿……"我笨拙地指向对面的山,语无伦次地讲鹿群下山喝水的情景。

他们并不满意我的答案,皮肤黝黑的男人用手比画着,"小型的动物,有什么?"

"有黄鼠狼。"话一出口我就后悔了,我痛彻心肺地发现我完全在大脑里搜寻不出能镇得住他们的动物来,像国家级省级保护的那种,像考拉、河狸、穿山甲那样说出来能显出品位的那种。果然,两个男人都似有深意地笑起来。一股热气像水一样泼下来,我的耳朵和脸颊刹那间就火烧火燎地烫起来了。

他们改了话题,接着问我:"那么,飞禽呢? 有什么? 可观赏的那种?"

我窘迫地高高地站在林场门口的石头上四下张望,鸟雀四飞,但我叫不出名字,最后,我想到了野鸡。但我不说"野鸡",我记得老师讲过野鸡的学名,于是,我镇定地回答:"雉。"

他俩面面相觑,一同问:"雉?"

我肯定地点头,并告诉他们雉尾巴上有如凤凰般的艳羽。他们哈哈大笑起来,说:"原来是山鸡。"他们又说:"这个小姑娘很有意思。"于是,我带领他们在镂花墙那边的招待所里住了下来。

分手的时候,他们叫住我:"小姑娘,明天可以带我们去山鸡经常出没的地方去吗? 我们想抓几只活的山鸡。"我说:"为什么?"黝黑的男人站起来走到房间后窗边上,山风爽爽利利地吹进来,他一字一顿地说:"让美永恒。"

我快活地在回家的路上飞奔。"让美永恒",诗歌里才出现的句子,但是,那个外来人一字一顿地在说,迎着黄昏的山风在说,扶着窗棂以沉思的表情在说,眼镜镜片上反射着黄昏的日光在说。"让美永恒",把年方二八的我穿透了,快乐地破碎成一墙的镂空十字,毛刺刺的黑眼睛闪过来,闪过去。

为了能让两个外来人不至于空手而归,我特地邀来同班几个捕捉山鸡的高手少年,他们带了网子、线绳、弹弓、木板、支棒,我们胜券在握地带领着两个外来人向夹在两山之间的山洼里走去。可是,我们没想到,两位有风度的外来人完全是抓捕山鸡的高手,而且使用了我们连听都没听说过的简捷方法。他们用报纸卷成喇叭筒的形状,喇叭的口不是太大,刚好能套进山鸡的头,倒一些米粒在里面,再把胶水挤在纸喇叭近底部处,用毛笔刷开了。然后,他们指挥着我们去把这些纸喇叭口朝上在山鸡经常出没的地方这一个那一个插在草丛里。安置好了,他们俩从口袋里掏出一些黄豆撒在空地上,那些黄豆微微散发着酒气,但很快就跟浓郁的蒿草腥味儿融合在一起了。

两三个小时后,当我们再次出现在现场的时候,就不得不目瞪口呆了。一只雌山鸡脑袋上套了纸喇叭乖巧地卧在草丛里,不时地甩甩脑袋,打嗝样的叫几声,叫声不安、迷惑,乖乖地任外来人将它提在手里。一只雄山鸡钻在草丛里,迟疑地歪头打量我们,拖着长尾向前走几步,腿一软,就卧在地上了,勉强扑棱几下翅膀,终究没能带起沉重软瘫的身体。一会儿,几个少年又欢呼着搜寻出另一只吃了酒泡黄豆醉不省事的雄山鸡。皮肤黝黑的男子把醉过去的山鸡抱在怀里,边行边抚边诵:其形也,翩若惊鸿,婉若游龙。荣曜秋菊,华茂春松。髣髴分若轻云之蔽月,飘飖兮若流风之回雪。远而望之,皎若太阳升朝霞。迫而察之, 灼若芙蕖出渌波……我们几个年方二八的少年跟在他们后面,怀着敬畏之心, 悄不做声又深感卑微地用心体察着天籁之中回荡着的,如此新鲜而美好的声音。

镂花墙这边再次掀起轩然大波,山鸡事件因为有更多人的参与使得外来人的到来不再是少数少年的独享资源,我们这群无知无畏的少年终于握手言欢消除芥蒂,重新像作家到来之前那样,没有隔阂和隐私地将许多个脑袋贴在镂花墙的镂空十字上。招待所的院子跟往常一样安静冷清,但是,到处都是两个外来人留下的痕迹。铁丝上搭着两条纯色毛巾,一条深蓝一条绛红,都不是林场里常见的颜色。他们住的房间外面放着一把木椅子,椅子上有搁过脸盆的水印子,圆圆的一圈,闪着光。一块淡绿色的香皂放在窗台上的一块纸上,香皂的香味儿被风吹过来了,盖过了果园里吹来的果香,盖过了从山上吹来的油松的浓香。皮肤黝黑的男人打开门走出来,他把手里拿着的圆珠子举过头顶对着阳光仔细端详,另一只手里捏着毛笔,转而,他低下头用毛笔在珠子上点画着什么。镂花墙这边的少年激动起来,一个跟随着他们去捉山鸡的少年攀上墙顶,把半个身子露在外面傻呵呵地冲皮肤黝黑的男人微笑。男子转过身,惊喜而优雅地张开双臂,他喊道:"哈,我的小伙子们!"说着,他向镂花墙走来,他边走边挨个端详镶在镂空十字里的眼睛,我屏住呼吸。他停在我的眼睛前面,依然又夸张又漂亮地张着手臂,他叫道:"哈,我的小姑娘!"

我骄傲地捏着透明的棕色小珠子,按照他演示的那样,用毛笔仔细地在上面点了一点,又小心地描圆了,把胳膊穿过镂空十字把珠子放在他手心上。他的手不像他的脸那么黝黑,淡淡的褐色,修长细致,两颗褐色的小珠子顶着两点墨卧在他手心里,像要突突地跳起来了。我问他:"那几只山鸡怎么样了?它们吃东西了吗?"他退后几步,微笑着挥一挥手回答:"小姑娘,晚上你可以带着你所有的朋友过来看看它们。"他微笑着后退,补充说:"看看它们多么美!"他进了房间,我们靠着镂花墙争论起来,我告诉大家,他们一定是画家,他们抓来活的山鸡是为了写生。另外一个少年认为他们是雕刻家,因为那两个圆圆的透明的珠子很像是用来做眼睛的,我马上抢白说我从来没有见过哪个雕像用塑料珠子做眼睛。而那个少年又反驳说据他所知画家们画动物的时候都是在动物的生活环境中潜伏着去观察的,而不是抓回来。最后,我们决定打赌,要跟少年击掌的时候,我改口说,反正他们不是画家就是诗人。少年突然收回手去,他同意我的说法,"他们一定是诗人吧!"

是的,他们一定是诗人!他扶着窗棂在黄昏的余晖中说:"让美永恒!"……他又漂亮又夸张地张着手臂倒退着说:"看看它们多么美!"……山鸡长长的尾羽从他胳膊底下拖垂下来,他温柔地抚摩着,边走边诵:其形也,翩若惊鸿,婉若游龙。荣曜秋菊,华茂春松。髣髴兮若轻云之蔽月,飘飖兮若流风之回雪。远而望之,皎若太阳升朝霞。迫而察之,灼若芙蕖出渌波……

他们的房间里真明亮,100瓦的大灯泡亮在纸顶棚下面,光线干干硬硬的,束束都像抽在人身上。一只雄山鸡昂脖立在箱子上,微微侧着脑袋,亮亮的眼睛斜睨着我们。雄山鸡颈下,一只雌山鸡与它相偎而立,小小的脑袋略略低垂,头侧向内,似要帮雄山鸡啄顺羽毛。我们从来没有见过山鸡这样温馨的场面,见惯了的,只是某只山鸡受了惊吓,蓦地从草棵子里扑棱棱飞起来了,还惊慌失措地打嗝般地叫着。它们的飞翔向来不轻盈,总是整出很大的动静,翅膀拍得啪啦啪啦响,腾起来,坠下去,又腾起来,坠下去,哪怕是些微的动静,都会让一群藏匿着的山鸡惊慌起来。可是,眼前的,立在箱子上的一对儿山鸡一点儿都不惊慌,它们不怕干干硬硬的灯光,不怕一群少年冒冒失失撞进门来闹出的声响,它们如入无人之境,公然示爱。皮肤黄白的男子优雅地斜靠在桌子边,嘴角含着微笑欣赏一群少年诧异的神情,他做了一个请的手势,说:"朋友们,去摸一摸它吧!"

我,伸出手去,轻轻的,从雄山鸡的头部向下,抚到它的背部。它亮晶晶的眼睛盯住我,不躲避,羽毛蓬松、柔软、伏帖,似乎,还有温度。雌山鸡始终不抬头,它固执地盯住伴侣的颈脖,想找出哪怕是一丝儿羽毛凌乱的地方,然后,帮它理顺。它俩一起脱胎换骨了,再不像从前那样胆小如鼠,而是两只高贵的、矜持的、坦然的大鸟。我旁边的少年,把它俩高高举起来,它们毫不惊慌,依旧在高处镇静示爱,它们的爪,被固定在一截木头台座上,那段木头很原生态,也很精致,几乎不见被修饰的痕迹。皮肤黝黑的男子走到我们身后,把手放在我和少年的肩上,还是以前那样温和抒情的诗人口气,他说:"我的小姑娘,瞧见了吗?它们择良木而栖,美永恒了,爱也永恒了。"

硬邦邦的灯光下面的桌子上,躺着另外一只雄山鸡,它的眼睛半睁半闭,暗淡无光。皮肤黝黑的男子把一些工具摆放在桌沿的白纸上,温和清晰地向我们介绍:剪刀、解剖刀、镊子、毛笔、针、脱脂棉、铅丝、尼龙线、石膏粉、防腐剂、保险刀片。他有条有理地摆放好工具,不断地调整工具的次序,他手底的那几样刀具锃亮冰冷,反光硬生生的。他微笑着环视我们一圈,像外国人那样耸着肩膀,指着纸盒里装的灰白色粉末说:"最关键的是防腐剂,否则,再精美的作品也会臭掉,或者,被虫子吃掉!"他回转身瞧着放在箱子上的山鸡爱侣,夸张地皱着眉头:"所以,要格外注意防腐剂的搭配比例,硼酸50%,明矾30%,樟脑粉20%,对,就是这样,多么完美的搭配!"

他小心地将躺在一旁的山鸡抱起来,轻轻地仰放在桌面上,山鸡的头软软地侧向一旁,两条僵直的腿由羽毛里无助地伸出,翘在空气里。他向山鸡饱满丰盈的胸部吹了一口气,柔软的胸羽像花一样绽放开来,他用毛笔蘸了水,把羽毛向两边刷开。他按了按山鸡胸上的龙骨,解剖刀由龙骨之间向下划下去,停下,开始用刀向两边剔开皮肤和肌肉之间的结蒂组织,那些薄薄的黏膜被撑开并划破,嘶啦——啵——他放下解剖刀,岔开的手指由皮肤下探进去,一点点撑起,一点点纵深,他小心而轻柔的样子,宛若抱了一个小女人小小的裸体。皮肤黄白的男子站在他对面,一手抓了石膏粉,一手抓了防腐粉,伴随着他的同伴的进程,交替不断地将这些粉末撒到撑开的皮肉之间去,刚刚渗出的血迹迅速被吸收了,他就像个惯于消除罪证的老练的阴谋家,从容、紧凑,配合默契。

剥离到山鸡眼睛那里的时候,皮肤黝黑的男子停了下来,长吸一口气,定住不动。皮肤黄白的男子手脚麻利地拿起镊子钳住山鸡暗淡柔软的眼球轻轻一扯,眼球被拽了出来,夹扁了,连暗淡的神气也看不出了。他转而用方才的凶器撬开山鸡的喙,用手指撑住了,镊子探进去夹住舌头,又是用力一拉。放下镊子,他迅速换了剪刀,由枕骨上的孔那里伸进去,剪刀微微打开,缓缓转一圈,枕骨上的孔变大了。接着,他用缠了棉花的竹签由孔里伸进去,一点点地剜、蘸、转,白白的脑浆被裹带出来,山鸡小小的头颅里很快就空了。最后,他还是没忘记消灭罪证,把石灰粉和防腐粉从那空空的颅骨里灌了进去。

做完剥离、剔骨、挑腱、清头几个环节后,两个外来人如释重负,他们开始整理已经准备好的用棉絮缠过的支架,把只剩下骨架和皮羽的山鸡穿好架起来,然后,打开一瓶乳状的防腐剂从山鸡的头颅开始刷,刷得非常细致,换了三次不同型号的毛笔。最后,他们开始填充,用了棉花和锯末,山鸡软耷耷的身体一下子饱满起来。皮肤黝黑的男子微笑着转过头来,手里捏着一颗珠子,他说:“小姑娘,瞧,这是你画的那颗珠子,你的珠子会让它重生的!”说着,他很快用铅丝将珠子穿起来,放进山鸡空空洞洞的眼眶,调整好珠子的角度,那颗假眼正对着我,我描画上去的那点黑漆洞若观火地凝视着我。

　　房间里又明亮又安静,我们这群年方二八的少年默不作声地注视着他们为山鸡做完缝合和整形。两个外来人像艺术家那样, 远看、近观,不断调整他们作品的姿势,间或争论几句,再进行调整。

　　我们没有跟两个外来人道别,鱼贯着出了门,进入林场招待所院子里的黑夜里。身手矫健的少年们攀住镂花墙的砖牙,身体一提,升上去翻过墙去。我站在招待所院子里,黑黝黝有如夜空一样的失望席卷了整个身体,头一次感到所谓花季所谓豆蔻的虚妄。我走到镂花墙那里,跟我打赌的少年的眼睛镶在镂空十字里,凝视着我。我满含着泪水靠近那个十字,将脸贴在冰凉的砖头上啜泣起来了。少年说:"不要难过,他们会被外星人做成标本的。"说着,少年的左手从镂花墙的镂空十字里伸过来,抓住我的右手,他的左手又热又湿。我哭泣着,把左手伸过去,放在他的手掌里,他的右手也又热又湿。

　　什么能替换掉那夜那样令人绝望的忧伤呢?青涩不解其味的爱就这样莅临了。

绿孩儿的异乡

　　它贴伏在叶柄处,身体薄透到快不存在的程度,它将体色模拟成跟叶片一致的颜色,翠绿的要迸出水来。但这还不是最奇巧的,它竟知道该怎样安置体态才能跟安身立命的叶片相融合。它恰切地贴到叶柄与叶片的连缀处,尖桃核似薄巧的头放在叶脉发端处,让它微微显露的褐色轮廓仿佛脉络一般淡淡漾开。它这样浑然天成的模拟,连造它的上帝怕也难看出破绽,自然会逃过天敌的灼灼目光。

　　它是片头叶蝉的幼龄若虫。就是说,若与高等生物相类比,它尚处于襁褓期,一个极幼嫩的婴儿。人类的婴儿最无知,亦最无畏,或许在娘胎里就意会到自己处于生物食物链的顶端,一出世就自带一股子安逸的傲气,一律昂扬地啼哭起来。他们做的与昆虫的幼儿正相反——吸引,而非回避;宣告,而非潜藏。而况,将有形化为无形的隐身功夫,即使对人类中的成年人来讲,都是高智商的能耐,可对昆虫,一只幼龄若虫便施施然化解了。

　　当时,我正蹲在九龙川马崖坳的深草中,对着不远处的一张大蜘蛛网再三权衡:网中心一只色彩斑斓的大蜘蛛正在捕食,一只撞进网中的绿芫菁遭了殃。绿芫菁属拟步甲科,身手还算矫健,挣扎出的动静也大,但迷彩蛛赶到跟前做了什么?以电光石火的神速吧,绿芫菁成了瘫子,身体在蜘蛛的长腿间滚筒般翻转,转眼间就成了茧葫芦。我很想凑近一点,再凑近一点,心里却虚怯。在前后挪移间,一片叶子就挡在眼前,我拂到一边,它闪一闪,擦着耳朵又晃回来,就在这不经意的三拂两挡之间,我觉得这叶子不比寻常,留神注目了一下,这隐身在光天化日眼皮子下面的小东西就显形了。

　　这小东西娇嫩,我心中怜爱,犹怜它生来就知晓江湖险恶,且又得独自打拼,便叫它绿孩儿。从一只小卵粒成长为像模像样的若虫,本就不易,混沌不成形间怕就曾逃过被吃劫、践踏劫、风雨劫……成形后更是小心翼翼。它更喜欢待在叶片的主脉处,因为身体半透明,内部的消化器官也清晰可见,若待在叶面光滑处,只怕那消化系统的纹路就会暴露自己的存在,而叶子的脉络,则是最好的障眼术。小小年纪,便用了保护色、模拟、障眼法这些聪明人都难玩转的小计谋,可见它生存的不易。

绿孩儿身体扁平、半透明、通体翠绿,不似活物,倒像薄玉,看久了,又觉得那是巧匠人刻来的工笔印章,用绿色印泥盖在那里。有几次,都不禁伸手要揭它起来,想辨别这绿戳的真假。小东西这般娇弱美丽,命运仍是不济,人说,叶蝉是害虫,为害禾谷、蔬菜、果树和林木……

人说的为害,于它,只是果腹。它跟很多昆虫的命运类似,不知觉间就与人为敌。被界定为害虫的命运是可怕的,被研究出来的处以极刑的法子很多,有灯光诱杀、喷洒农药等,还有一法很普通,后缀的一句却让人看着心颤,人说:"清除杂草,不让它有栖身之地。"

人在眼前,这草木间对绿孩儿便不是家乡,是异乡了。

用死亡证明

1

从子午岭回来,带回来近百只螃蟹,都是林场的朋友抓来送我的,说既算是送儿子的玩物,也算是请我品了一两盘油炸螃蟹的美味。回到家里,赶紧把塑料袋子里的螃蟹解放到盛了水的盆子里,大大小小抱成团儿的螃蟹,终于得了解脱似的松开勾勾连连的蟹爪,掩耳盗铃一样地往同类身子下面猛钻。只一会儿工夫,那些身强力壮的全钻到下面去了,而高高在上的全成了柔弱无助地晃动着蟹钳的小螃蟹。

第二天清晨醒来,阳台门开着,窗户也大敞着,温度适宜的清新空气涌进来,让人惬意得无法拒绝。正沉醉间,却察觉到一点儿古怪的声响,一连串噼噼啪啪吹泡泡的声音!以我在林场待了一个礼拜的经验,我很准确地判断出有螃蟹脱逃了,而且位置就在睡床附近!于是全身一个激灵,惊出一身的鸡皮疙瘩。我谨慎地坐起来,循声而去,果然,在阳台的门框上,已经雕刻一样粘贴了一只大螃蟹!我弯下腰,那螃蟹也是凛然一惊,鳌爪迅速缩拢,凸出来的眼睛也马上收回到眼窝里去。我举棋不定地端详片刻,毅然决然伸出手,那螃蟹又是一颤,身体马上舒展开来,所有的器官都绷紧了,以四只爪子着地,另外四只斜伸向空中,整个身体斜立起来,两只凶悍的大鳌在空中舞动,眼睛重伸出眼眶,石子一样镶嵌在那里瞪着我。我吓得后退一步,便飞速奔到儿子的卧室,把高手儿子给摇醒了。儿子揉着眼睛听我叙述状况,连鞋都没穿就奔过来,既没有端详也没有判断下手的位置,毫不迟疑一下子就把它捏起来。那螃蟹枉然朝天挥舞钳子,却无论如何也弯曲不出恰好能钳到儿子手的角度来。我松一口气,明白了,我的失误便在于那一端详间、一思索间！自己把螃蟹的形象给强化了，于是就长了螃蟹的威风，灭了我的胆量！

我和儿子去检查盆子里的螃蟹，不看便罢，看了便要掩面。整整一个晚上，螃蟹的世界里便在上演"弱肉强食"的剧目！那些顶在上面被用来担当掩体的小螃蟹们，多半已经爪身异处，只剩空空的背壳。那些饱了肚子长了力气的大螃蟹，正在互帮互助搭蟹梯，下面有垫底支撑的，举起的大钳子充当推顶上面螃蟹的工具，上面的那个侧着身子，用爪子和钳子在脸盆的边缘探索能抓住的地方，终于找到着力点了，只见那螃蟹抓单杠一样把身体猛往上一提，那边的脚爪勾连着下面支撑它的螃蟹一起掉到盆子外面，一落地，它们便慌不择路地顺墙根猛爬。我胆战心惊地指挥着儿子把它们重新归整到盆子里，然后把它们按照个头大小归类分到两个盆子里。

第三天，想着两个盆子里的螃蟹大约都实力相当，不会再出现鸠父食子的场面，悬着颗心来到盆子跟前，我就倒抽一口凉气。那装小螃蟹的盆子里倒没有闹出什么动静，而装大螃蟹的盆子里，依然是尸横遍地！我小心地用手指拈起那些螃蟹的尸骸，摆在一起观察，让我惊讶的是，惨死的螃蟹全是母的！因为它们的个头比较大，壳也相对比较坚硬，那些公螃蟹无法像吃小螃蟹那样直接从肚子上下钳最后吃得只剩爪壳，它们在吃母螃蟹的时候用了无法想象的残忍手段——把母螃蟹的嘴巴撕开，然后把钳子伸进母螃蟹的肚子里面一点点掏空。把里面的肉吃干净的时候，在外面看起来依然是完整的尸身！我看着摆在地上的母螃蟹一字排开的空壳，不寒而栗！

丈夫醒来了，走过来一看就说："今天赶快把它们给油炸了吧！反正怎么样都是死，死在人手里总比死在同类手里来得痛快些！"于是，一锤定音！

然而，要油炸螃蟹必须要把它们的壳给揭掉的，这是一道极其残忍的程序！我先给盆子里撒了些食盐，据说这样可以让螃蟹把肚子里的泥给吐出来。三个小时后，我给丈夫打电话："我不敢揭螃蟹的壳！"老公回答："你就想着它是怎么吃母螃蟹的，你就敢了！还有，你可以让儿子帮你！"我定定神："儿子这么小让他做这么残忍的事情不好吧！"老公回答："你不是觉得林场里那些男人们有仁有义有男人味儿吗？他们的男人味儿是怎么培养出来的？他们杀生,但他们不是一样善良厚道吗？"

于是,我和儿子各就各位。我把一只螃蟹按到地上,压住它拼命挣扎的大螯,抓住它坚硬的背壳向上用力,我手底的螃蟹疼得痉挛般把所有的蟹爪都绷得直直的,我闭住眼睛,狠狠地叫一声,"我叫你再吃母螃蟹!"儿子也跟班样地喊一声,"我叫你再吃小螃蟹!"

一个小时以后,那些张牙舞爪的将军们都耷拉着钳子躺在盘子里,我大汗淋漓,头顶森凉,惶然间,隐约听到有人声在头顶响起——

"我叫你再吃螃蟹!"

2

螃蟹死了!

我去鱼缸那里看它的时候,它的眼神呆滞着,不再像往常一样把眼珠愤怒成一粒石子的模样。

它的腿爪舒展开来,那只独钳向前盘着。让我想起和尚打坐的样子来,身体完全放松,心灵凝固于一个点……

它各个关节缝子里,都长出了绿毛,沾沾连连的,随着水波微微荡漾。我记起了小时候常在墙上看到的苔藓,密密麻麻,郁郁葱葱,是岁月留下的痕迹,还是风里来去哭过喜过的铭文?

当初留下它,是因为一瞬间的敬畏之心,还有一瞬间的恻隐之心。

它是只独钳的螃蟹,褐红色的背壳还有它残缺的腿爪都一再证明它一生的沧桑。但它的阅历没有让它变成一只顺渠溜缝、畏首畏尾的螃蟹。相反,它变得非常愤怒。我能感觉到它因为自己的威严受到凌辱的愤怒,因为自己一次次或侥幸或狼狈得从人类手中逃脱后无奈的愤怒,因为自己的大螯无法战胜庞大的对手无法保护螃蟹家族的愤怒……我甚至能听到它骨节里咯吱作响的声音,它随时都在准备战斗,用生命。

一只小小的盆子,不过就是一只小小的盆子!就成了成百只螃蟹的禁锢之地,这对它来说,是致命的凌辱。其它螃蟹都没命地抱成团往下面钻的时候,它一次又一次从下面挣扎出来,把自己完全暴露在最上面。它挥舞着自己那只独螯,夹住一只又一只畏缩的腿爪,提、拉、拽、撕……它试图让所有的螃蟹都清醒过来。它盘旋着身体,疯狂地打

天籁

着转,在其它螃蟹的头顶狂乱地践踏撕扯,很快,就有了许多零碎的腿爪颤动着铺在上面。那些腿爪痉挛着,一点点地蜷曲,最后终于不动。

它纠集了一些大螃蟹,开始顽强地制造它们的蟹梯。它总是在最底层,用它的背壳,用它那只粗大的独钳拼命把上面的螃蟹往上顶。失败了,它愤怒地转着圈,粗鲁地钳过来另外的螃蟹再往上顶……

每当我出现在盆子前面,那些螃蟹都一个激灵,斜撑起身子,蟹钳直指着我。而它,一直是和我对峙最久的一个。它那只关节粗大的蟹钳像剑一样戳在那里,眼眶里的眼珠像颗立着的子弹,随时要弹出来。当其它螃蟹都慢慢缩回去,底气不足地盘了身子不动了的时候,它依然顽强地撑在那里,一动不动。直到我退却。

我留下了四只螃蟹。它是首选。

它每天做着同样的事情——疯狂地驱使着其它螃蟹去搭永远不可能成功的梯子;不懈的跟给它们投放食物的我对峙;狠命的去夹去撕那个我换水时捞它上来的小网兜……

第一只螃蟹死了,它还活着。

第二只螃蟹死了,它还活着。

第三只螃蟹死了,它还是活着。

只剩它一个了,它开始用钳子推着顶着摞那些石头,摞高了,爬上去斜立起来,还没立稳,石头就塌了。它毫不气馁地继续摞。

当它有一天终于醒悟这些圆滑的石头根本摞不高的时候,它就沉默了,出奇的安静。

我来到玻璃缸前面,它不动,甚至不看我一眼。我用东西去拨它,它仍然不动,随着我的拨动转动身子。我把食物放在它跟前,它一次又一次固执地用钳子推开。

后来,它的关节缝子里开始长一些黏糊的絮状物。

再后来,它各个骨节里都生出了绿毛,在水里阴惨惨地漂浮着。

今天,它死了。身体松松垮垮地盘成一个圆。

我一直希望它能成为"我的"螃蟹,希望有一天它能够认可这个身份。

可最终,它用死亡终结了这个游戏。

谁是最后的赢家?

怜之憎之沟眶象

  若说观洞房之礼,偷窥、窃听、蹲墙根都比较合时宜。但眼下身处大沟壑边缘,落眼处皆是草木,即使有野花几盏,也是清清淡淡地开。风大,枝叶俯仰,却不扰人。时闻鸟雀之声,只听唧啾,不见雀影。一切,都是坦然。至此,我若再强装羞涩,便是我的不合时宜了。

  今年时令不稳,春至酣处,夏之梢头,气温都不见升高。偶有三两日猛热一霎,即刻有风来、有水降,勉强袭来的那点温度往往站脚不住,就黯然隐去了。时令变得这般不牢靠,对混迹于草木间的各路昆虫都不是什么好事,它们攒存了一冬的力量,只等在春酣夏熏时求欢,为子孙繁衍尽力一搏,然节气不稳,春情也只好零落。我虽然常常心怀不轨之心潜身在乡野草木间,但也很难撞到昆虫们于大天地之间的大坦然了。

  但也没准,阳历五月这段日子,我便时时遇上大场面。

  臭椿的树干大多笔直,树皮虽粗糙,有浅裂纹,但还算平整,不似某些树种天生一副裂深沟刻的沧桑状。臭椿虽臭,偏有虫逐臭而来、喜爱备至。而今,这棵臭椿从根部至树干高处,都镶了一疙瘩一疙瘩的黑团儿,远处看,结了许多树瘤子一般,很是瘆人,走近了看,竟是一场风生水起的集体婚礼。它们两两相摞,都生有长而硬的口器,像大象的鼻子一样,浑身上下都是战时装备,披一身黑袍铠甲,有的缠一圈白围脖,有的黑战衣上杂有铁锈红斑点,看大样子,应属鞘翅目象甲科,但具体名号,我却是不知道的。它们的父母大约是会算计的,繁衍的子嗣似乎雌雄数目基本相当,几棵臭椿上,有郎便有娘,落单的反倒凤毛麟角。这倒也省事,像它们这样呆笨的傻相,若时时有求婚、抢婚、搅局之险,它们慢吞吞傻呆呆的,怕还真是应付不来。

  兴许是乡下老人们从未接受过正规教化,天生的想象力便得以最大限度地保留。问及他们，都能确定地报上这种昆虫的名字来，他们的形象思维各具个性，因而报上的名号也都不同，但细想来，又各自恰切。围着油菜地颤巍巍挪步的老婆婆快目盲了，她退后一步远远端详我手心里的一团黑糊糊的虚影影，问，臭椿上的吧。我点头称是。她断然定论："叫干狗。"说完也不做解释，转身颤巍巍去了。我望望手心里这一动不动硬邦邦的怪玩意儿，手一斜，它掉在地上，哪唧一声，确实是又干又硬的黑疙瘩，嫌我干了扰民的坏事，耍起死狗来，赖着不肯动了。叫它"干狗"，却也合适。

又有带着小孙儿的老汉走来，过去询问，老汉笑我头发长见识短，说："装死鬼么，这谁个不知道？"我憨笑着对答："我就不知道。"老人是个喜开玩笑的人："你是识文字人，你能不知道？"我继续装傻卖乖："就是书念得多了，才不知道啊！"谁会认为我说的不是实情呢？书念得多了，寻得不识之物，从不打算依据眼见心感的第一印象先给它命个名，只想着教科书上它的官名大号是甚。倒是这些乡下老人们，信手拈来，一种昆虫如何识得便口口相传了。这种象甲科昆虫确实有装死的臭毛病，块头虽大，口器虽长，却是个脓包，见得风吹草动，即使正行鱼水之欢，也脚爪一松，径自跌进树根草丛里，腿爪收拢抱于腹前，任你用草棍儿拨来弄去，绝不露半点尚有活气的端倪。

最出彩的命名要算在大门口小凳上端坐打量我的老太太了，她一口牙全没了，窝窝着嘴巴告诉我，叫锁子，你在树上看去，明明就是扣在一起的锁子。我大惊，有哪个文化人能想出这样传神的比喻呢？这种昆虫用长而弯的口器插进树皮时，它黑糊糊硬邦邦的身形不就是铁将军一个？而那有弧度的口器与树皮相接，真的是一锁当关啊。

干狗、装死鬼、锁子……我有些自惭形秽了，甚至有点儿小后悔，若我未受教化，我会叫它啥？而后我把这名字告诉儿子，儿子告诉孙子，孙子告诉重孙子……他们会说，这是我妈妈告诉我的，这是我奶奶告诉我的，这是我太奶奶告诉我的，这是咱老祖宗告诉我的……可惜，可惜！最终，我还是按照接受过正规教育的准文化人的套路，在网上"摆渡"一番，在象甲科昆虫里比对来比对去，又在大量图片里寻寻觅觅，最终求得真经——头腹之间的胸甲上覆有白鳞片，如同缠了白围

　　这棵臭椿从根部至树干高处，都镶了一疙瘩一疙瘩的黑团儿，远处看，结了许多树瘤子一般，很是瘆人，走近了看，竟是一场风生水起的集体婚礼。它们两两相摞，都生有长而硬的口器，像大象的鼻子一样，浑身上下都是战时装备，披一身黑袍铠甲，有的缠一圈白围脖，有的黑战衣上杂有铁锈红斑点。

脖,体型略小的象甲叫"臭椿沟眶象",又叫椿小象;胸甲、背甲上都覆有红黄色鳞片犹如锈斑点点,且体型大点儿的叫"沟眶象",又叫椿大象。它们当然是近亲,都嗜好臭椿。

它叫沟眶象,终于尘埃落定。但还是遗憾,觉得这名字欠了火候,就像一篇文章长篇大论却离题万里。除了"象"字还算将长而弯的口器跟大象鼻子进行了互喻,"沟眶"二字,实在牵强附会了,无论习性、形象、生活史、居住环境都跟这俩字不沾边。若要硬牵扯,我细看了又细看,沟眶象浑身上下都有坑坑洼洼的凹点,莫不是因为这些刻点,跟这个沟沟渠渠眶眶沾了点边?姑且自慰吧!我想,如若命名者当初曾像我一样带这种昆虫在乡下老人中间走访一圈儿,大约会叫它"锁子象"吧。

弄清了这怪虫的来龙去脉,便自矜,自矜的突破口自然是卖派,通过对他人的考问,以他人的少知来衬托本人的多知。果然,几个朋友都中招,有两个老实,只说自小到大都常见,却不知道,并虚心向我请教,而后真心表达了对我见多识广的赞慕之情。另两个一见就大呼知道知道,而后言辞凿凿告诉我,是尚未羽化的椿姑姑。他说的"椿姑姑",是盛夏和入秋时椿树上随处可见的一种昆虫,学名叫斑衣蜡蝉,跟这沟眶象完全是两码事儿。我抓住他俩的把柄,将二者的区别娓娓道来,大大卖派一番,翻倍达到了考问的初衷。

前面说过,沟眶象是象甲科鞘翅目,顾名思义,是有类似于象鼻的器官且浑身有硬壳子的装甲式昆虫,而斑衣蜡蝉娇嫩得很,蜡蝉科同翅目,若虫成虫摸起来都柔软,成虫翅膀也在明处。我那朋友之所以将它俩混同,原因一,自然是它们共同的嗜好,对臭椿很有兴趣,原因二,他将沟眶象成虫跟"椿姑姑"的若虫混淆了。"椿姑姑"羽化前的小龄若虫披了黑色间白点的袍子,虽无象鼻般的口器,但鼻子也稍长,若按着装论,它俩的衣服是有点像。可衣服相似,性格差异大呀!沟眶象体型大得多,呆笨木讷,遇事就装死;斑衣蜡蝉的小若虫年少无畏,敏捷灵活,你要想在近处观察它,它便跟你玩围着树干滴溜溜转的把戏,总让你看不真切,若你伸手想捉,小家伙一个弹跳,就蹦出老远了。

起初,我以为沟眶象是个既不中看也不中用的,样子丑,性子又懦弱。它们每每在椿树苗上找到汁液丰盛的叶柄,发挥长口器的威力,咬

破韧皮大快朵颐之时，总有在一旁窥伺的大黑蚂蚁一拥而上。按理说，沟眶象的身形跟大蚂蚁比起来，简直是巨人驾到，但两三只蚂蚁就能成功赶走沟眶象，顺利享用他人战果。沟眶象虽不情愿，但也表现出逆来顺受的受气模样，毫不反抗就撤退了。实在是受气包子一个，可怜哪！

但不尽然。

那日，小儿在何家坳大沟边一棵大椿树下惊叫："妈妈，快来看，全是洞！"果然，那棵树用满目疮痍来形容都不为过，树干上密布小拇指粗细的虫洞，树皮松脱翘起，附耳到树干上，仍能听到内里咯吱有声。似乎有一支啮噬树木的虫虫大军潜藏其中，它们开道挖渠，待时机成熟时便咬破最后一道防线亮相天下。亮相了的，就是正在椿树树干上公然集体交配的沟眶象成虫们。它们交配成功，就咬破树干韧皮，将卵产于其中，卵发育成肥短的白胖虫子。这些胖虫子可不像看起来那么不中用，一张嘴巴厉害得很，胃口也大得惊人，人家待在里面，先向树皮表面方向开一针眼状小孔，不是为了呼吸空气，而是为了排泄物有个开阔的去处。若你在臭椿树干上看见一堆或一绺黄褐色的、似是蜡质的细条状物质，就是沟眶象幼虫的粪便了，若你好奇，可用硬物撬开树皮，沿孔眼钻挖进去，那胖白的虫子就被揪出来了。这些虫子不中看，却很中用，是开挖坑道的行家里手，有这些家伙在树干内横行，不久，这棵臭椿就树势衰弱、满目疮痍、不久于人世了。

这棵已有十几年树龄的椿树，而今已是伤痕累累，病入膏肓。沟眶象成虫在树干表面尽情欢爱，幼虫在树干内部肆意横行，这棵树的痛，怕就是痛入骨髓的痛了。再想想起初看见它们被大黑蚂蚁欺凌驱赶的窝囊相，同情心也没了，倒想起一句俗语：可怜之人必有可憎之处。虫也一样啊！

家有宠物，宠也不宠

我一直都不喜欢"宠物"这个词，这个词本身就包含了不对等、不尊重的意味在里面，即使费了许多心思宠着爱着，也不过是给对方一种特别的恩惠和赏赐罢了。我们面对的是人之外的生命，但"它"更弱小更卑贱些，卑贱的连个区分雄雌的专用人称代词都没有，也就只能等待人类来垂怜了。可即便我不喜欢这个字眼，却还是无法免俗，我实在想不出能用什么词语把家里那些各样的小生命概而括之，似乎，除了"宠物"，还是"宠物"！

其实，我并不愿意将这些人之外的小生命豢养起来。它们本来自自然，也该归于自然。是鸟儿，就该站在林间的枝头上啁啾；是小龟，就该有一处带有浅滩的水湾供它们休养生息；是狗，就该在村庄的门槛和小路上吠叫；是猫，就该在暗夜里谨慎地大张灼灼的眼睛。我想，既然上帝创造了它们，也必然给它们安排好了属于自己的生活方式，而被人类作为宠物饲养起来，那一定不是上帝的初衷。可尽管如此，人类还是为所欲为，既然弱肉强食是上帝认可过的自然规律，那么，将弱小生命据为己有，还给它食物、水、窝，甚至还有爱，那简直可以称得上人道了。

这样说来，我就很人道，我那 8 岁的儿子也很人道。

我们俩在街上玻璃箱里一个摞一个的小乌龟里面挑选出最幸运的两只，用钞票换得拥有它们的所有权，赐给它们两个好听的名字，它们从此成为我家的第一拨宠物。我们俩又接受了一位老师的馈赠，把三只河蚌带回家里，给它们换上清洁的水，看着它们悄悄张开蚌壳，把玉白的肉试探着伸出来，它们成了我家的第二拨宠物。我们俩下河滩去，玩玩闹闹地抓了几十只小蝌蚪回来。可如何处置这些在水中穿梭的黑色逗号呢？既然带回家了，就只能担当起养护它们的责任，于是，

我家有了第三拨宠物。我们俩在小区里转，看到一个小孩端了装有螃蟹的盆子给大家炫耀，儿子瞬间心动，上前去讨价还价终于以三只小蝌蚪换一只螃蟹的价码成交。这样，我家又加入了第四拨宠物。

看着它们，我手足无措。毕竟，我对它们各自的世界一无所知。

小乌龟一声不响地把脖子伸得长长地注视着我，似乎在期待什么。它能期待什么呢？是食物？是清凉的水？是石头？是自由？我不知道。河蚌完全是预备自生自灭的隐忍态度。它们没有眼睛、鼻子和嘴巴，只是偶尔略略开合一下蚌壳，把周围的沙子吹得泛起来。它需要我给它什么呢？是泥沙？是水草？是阴暗些的环境？我仍然不知道。小蝌蚪瞪着针鼻大小的眼，只管在水里摆着尾巴游梭，一听到什么动静，就激灵一下荡起凌乱的水纹，惊慌地四处乱钻。它们想念自己的母亲吗？它们长大后会是一只青蛙，还是一只癞蛤蟆？我还是不知道。螃蟹总是谨慎和威武的，它们缩在石头的间隙里，嘴巴那里的牙骨相互摩擦着，看到我出现在盆子上面，迅速蜷住不动了，无处可藏时便弹起石子样的眼球，把两只钳子竖立起来。它们在警告我吗？或者，是在坚守它们骄傲的尊严？我全都不知道。

是啊，我什么都不知道，可我依然豢养着它们。我查阅了许多有关它们的资料，用人类总结出来的经验来饲养它们。无论这些经验是否适合，它们只能适应，不能抗争。

去年冬天，两只小龟迫不及待地要进入冬眠。我最后一次给它们喂食，小公龟狼吞虎咽，积攒了过冬的足够能量。小母龟却懵懵懂懂，耷拉着眼皮对食物看也不看。一个冬天过去了，小公龟在春暖花开的时候醒来，小母龟却没能熬过漫长的冬天。小公龟没了伙伴，一天天精神萎靡。它的一只眼睛蒙上了一层白翳。我终日被小龟的孤独和病痛折磨着，给它点眼药水，把它泡在高锰酸钾溶液里洗消毒澡，给它晒充足的阳光浴。我用我能搜集来的所有人类的经验治好了它的眼睛，却无法消除它的孤独。

任何一种生命都是有情感的吧！它懂得思念，懂得快乐，懂得在离开伙伴后陷入长久的悲伤。我可以每天都给它新鲜的食物，给它换清洁的水源，带它到阳光底下漫步，可是，我能让它的伙伴重生吗？小龟

天籁

再也不兴致勃勃地爬纱窗了,再也不像个小人儿一样趴着纸盒子的边缘伸着脑袋四处探看了,再也不趁我们不注意设法溜走了。它只是不动,闭着眼睛,偶然四处爬动一点。放在水里,也是赶紧划拉着四肢爬到石头上去,水里,没有跟它嬉戏的伙伴呀!

小龟的孤独,难道不是我的罪过吗?我若是多懂得一些龟世界的生活常识,早点在冬眠前给它们喂食,它的伙伴一定可以安然度过那个冬天。朋友安慰我说,你已经足够慈悲了:小龟若是落在别人手里,兴许早已双双归西了,你起码还懂得应该怎样让它们过冬,懂得如何喂养它们,而很多时候,小龟只是小孩的玩具而已。是啊,那些人之外的生命,是可以被人类随心所欲地处置的,拥有河蚌,拥有蝌蚪和螃蟹,多半是人类的一时之趣,要么烹制了吃掉,要么当成新奇之物送了人……总之,它们不会呼叫求告,不会诉求法律做正义的审判。

很多人在豢养宠物的过程中寻到了许多乐趣,他们欣赏玩味,寻找在与宠物相处中的最高境界。可是,我却总是要被家里这些所谓宠物煎熬着,我担心我的善意却不适合的养护伤害到它们,担心它们在禁锢的环境中沉闷至死,担心它在怨恨着我……我对儿子说,把小龟送人吧,把蝌蚪、螃蟹、河蚌放生吧!儿子说,小龟送给别人说不定还没有我们养得好呢……我等着看小蝌蚪是怎样变小青蛙呢……我的河蚌会给我生出许多珍珠的……我的四只小螃蟹是我的战士……儿子谈起他那些小宠物总是意趣盎然,充满期待。

我怎样才能知道那些小生命是否愿意被我当成宠物去养护呢?或许,等到哪天,有更强大的生命把我捉了去当成宠物豢养着,那时,我一定是完全懂得它们的心情了。

蝉蜕尘埃外

那时的祖母还不年老,兜在网子里的发髻多半都还是黑的,夹在其中的灰白了的头发也并不显眼,可是,祖母的许多说法却很古怪。比如,当我跟着伙伴们去捕捉扒在树干上可着嗓门嚷的炸蝉时,祖母就神秘兮兮地拉我到窑里指责说,那飞虫动不得,阴气重呢!祖母的古怪念头还不止这些,那次我正在院子里和了泥巴捏娃娃,她就没来由地拿了扫把将我追了好几圈,并大骂我捏泥娃娃是犯了天条,会惹怒天爷让本地大旱的。还有一回,我问伙伴讨要了蚕种回来,装在火柴盒里养着,却被祖母严令扔掉,说蚕跟蜜蜂是相克的,我养的那几条小蚕蚁会将家里养的几箱子蜜蜂都克死。我无从知晓祖母那些古怪说法从何而来,究竟有没有得到实际验证,但我确实一度被那些说法捆缚,时常郁郁寡欢。

好在跟祖母一起生活的日子并不长,我很快就回到林场的石窑里。林场的前身是石油农场,农场的前身是西北建设兵团的某一支,所以,那时场里的编制还是沿袭军队习惯,像我家所在的地方,就被称为四连,连部也设在这里。其他几个连多是河南人,但连部人员构成要杂得多,有很多外地口音。其中有一个叫林国夫的,似乎是广东人,他那口广东方言,现在想来也是似懂非懂。林国夫那时在连部里算是年龄大的,头发多半白了,据说一生未婚,连部里的大人都喊他"林鳏夫",鳏夫叫着大约不大顺口,也没有达到开涮的真正目的,于是大家又改口叫他"林寡妇"。"林寡妇"是个好脾气的人,谁这样叫他都成,后来连孩子远远地也这样叫,他都是一笑了之。

"林寡妇"是个馋嘴的人,他喜欢吃蛇。吃蛇的场面往往会吸引很多人围看,因为他开场并不使用任何烹调手段,是完完全全的生吞活剥。我断然不敢亲见那样血淋淋的场面,只听很多人绘声绘色地描述,他是如何技法娴熟地将活蛇扒皮，又是如何精确地找准蛇胆的位置，绿色的蛇胆刚掏出来时似乎还有腾腾血气，"林寡妇"一仰头，往口中一丢，咕的一声就咽下去了，接下来，他才会将锅灶搬到院子里，在露天里细细烹制蛇肉。

按理说，对"林寡妇"这样的人，我们这些孩子是应该唯恐避之不及的，因为林场里到处都是蛇，每天上学、玩耍、去菜园子、抱柴火等等都不可避免地要碰见蛇，碰见的多了，也就惯了，人不搭理蛇，蛇也不搭理人。但"林寡妇"见一条蛇抓一条蛇生吞活剥一条蛇，若让祖母知道有他这样一个人，定会吓得魂不附体的。在祖母眼里，蛇是小龙，是家家护院的庄神，若碰见了一定要设香火供奉的，"林寡妇"的行为早已超出大不敬的范围，该是大逆不道了。但是，我们尽管怕他，却还是喜欢跟着他，他手里边，有一只玉蝉呢！

"林寡妇"对小孩子很大度，没几个大人亲眼见过那玉蝉，但他却肯满足每个小孩子的好奇心，任由我们拿在手里仔细把玩一番。据他自己说，那是块汉代玉蝉，用新疆和田玉刻成，用的是"汉八刀"的刻法。在他的指点下，大家数了一下，众口一致认为的确是八刀刻就，但我心下揣疑，总觉得似乎要比八刀多那么一两刀。不过，这并不影响我们对玉蝉以及衍生到"林寡妇"身上的崇拜之情。那玉蝉，虽然雕工粗略，寥寥几笔，但卧在那里的，的确是只温润光洁的玉蝉儿，跟树上常见的蚱蝉有一比呢。

"林寡妇"吃蛇，却爱蝉，大约是爱屋及乌的缘故。

那一年夏天，蚱蝉格外的多，每天夜里，都听得见什么东西啪啦啪啦敲打窗子，爬起来借着月色向窗上看，也总能望见又有一两个小黑团儿硬生生撞到玻璃窗上来，啪的一声响，又滚落下去。父母多半都同意我们半夜起身出去捡这种小树猴儿，有时候，大人们也会参与进来，人人端只敞口罐头瓶子，拿只手电筒，一打开房门，就有几只刚从地洞里钻出来尚未蜕皮羽化的蚱蝉拦在脚下，身上还泥乎乎的，像刚在烂泥巴里打了个滚儿。上了树的蚱蝉虽多半都蜕了皮，但也一样反应迟钝，被手电筒光罩住就呆了一般，单等你去捏它。高处的抓起来也不费劲，只管在树干上踩几脚，就听见啪啦啪啦一阵响，你尽管去拾就是了。最有趣的是钓蚱蝉的若虫,每棵大树周围的地面上都分布着一些手指粗的小洞,拿根细树枝探进洞里去,呆头呆脑的蚱蝉若虫立刻抱紧枝条任你拽出。每晚出动一回,管保大丰收,第二天住在石窑里的人家户户飘着油炸蚱蝉的香味儿。

但是,吃蛇的"林寡妇"却从不吃蝉,而不吃蝉的"林寡妇"又是个捕蝉高手。他若一个人捕蝉,多半是为了戏蝉,将蝉儿拿在手里把玩一番也就放生了。但他常常带领我们一帮小孩子捕蝉,这时,他便是为着巩固他在我们心目中的老大地位了,往往是他捕来的蝉最多,数过了,我们也心悦诚服了,他也还是放了。

白天的蚱蝉不像晚上的蚱蝉那么好捕,虽然它们一心二用,一边不断声地趴在树干上"咋——咋——"直着嗓门大叫,一边把强有力的口器刺入树干有滋有味地吸食树液,但一点儿都不影响它眼观六路。"林寡妇"给我们仔细讲过蚱蝉的特征和习性,我们都知道,蚱蝉的视力极好,因为它们有五只眼睛,两只大且有光泽的,是复眼,两只复眼之间还有三个微小的橘色小点,那便是三只单眼,单眼的视力当然远不如复眼,只能感光而已,但五只眼睛,除了身后照顾不到,其他几个方位的风吹草动尽在蚱蝉眼中。因此,"林寡妇"叫我们白天接近蚱蝉时必须从后方行进,为何螳螂捕蝉能一举成功呢? 就是因为螳螂在蝉后面,身后,便是蝉的死穴呢!

我们的装备都很传统, 是大人们口口相传沿袭下来的捕蝉手段,嚼一满口麦仁,嚼得满口白沫,直至面气消尽,拿到水里一再淘洗,终于成为一团又软又黏的面胶了,便粘在长竿的一头,用来粘蝉。但我们能制造出来的面胶太少了,嚼上几嘴麦仁,也不过大拇指大小的一团而已,试想,用这样小面积的胶粘蝉的概率会有多高,即使我们成功出现在蚱蝉身后,那粘着面胶的竿子渐渐接近蝉身,也是岌岌可危的场面,常常是快要近身时,便被蝉儿发现纵身飞去了。但是,"林寡妇"很厉害,他用铁丝圈一个脑袋大的环拧到竿子一头,然后就提着竿子在林子里乱串,并不像寻找蝉儿的模样,很快,他发现大蜘蛛网了,马上用铁丝圈轻轻罩过去,网便在他的竿子上,为了保险起见,他往往会多罩几个蜘蛛网,把他那装备打扮得絮里索落的,这样,他粘蝉的命中率

几乎百分之百,只要找见目标,举网一罩,次次成功。

"林寡妇"总是笑话我们捕蝉时蹑手蹑脚的模样,他说蝉根本听不见,只要在它身后,就可以放开脚步吹着口哨去捕。为了验证,他领着我们做试验,我们一群人潜到一棵树下,一只蚱蝉头朝上方正在放声歌唱,我们开始狂蹦乱跳、鬼哭狼嚎、鸡鸣狗叫……无论制造多大的动静,也没能打断蝉的歌声。我们又惊奇又好笑,盲人化妆,聋子唱歌,这都是天底下的大笑话呢,可眼前这傻乎乎的蝉,竟听不见自己的歌声吗?那么,唱歌还有什么意义呢?"林寡妇"纠正我们,蝉听得蝉语,听不得人声而已!他给我们解释,人和蝉的听觉器官都有自己能接收的声波范围,而人类制造出的声波,蝉却收不到。所以,雄蝉善歌,且为吸引雌蝉而歌,雌蝉声哑,却善听,听得雄蝉高歌便姗姗而来。

正为我们做解释的"林寡妇"突然情绪低沉了,他驱散我们,躺在一棵树下,从怀里摸出那只玉蝉儿,将半截子噙到口里,只露出玉蝉温润的头来,他一躺,就是一两个小时,心事重重。我们远远观望,窃窃私语,却个个不敢近前。这时,一个伙伴面露神秘之色,小声说她知道"林寡妇"怎么了,等我们把小脑袋挤凑到她跟前后,她悄声说:"'林寡妇'想大姑娘了!"她的话真是让我们大惊失色,小时候,连大人们都不会公开说什么想姑娘之类的话呢,她的话叫我们听来,跟耍流氓差不多了。但她很快对我们透露说,"林寡妇"年轻时有个大姑娘,差点成了他媳妇,但不知什么原因死了还是散了,总之,没成!我们顿时信服,并议论纷纷,以为那玉蝉儿,一定是当年大姑娘赠给他的信物,所以他才如此珍藏。议论的当儿,我却暗地里惭愧了!

我曾一度觊觎"林寡妇"的玉蝉儿,可谓绞尽脑汁哪!

起初,我是打算用我自己的宝贝跟"林寡妇"交换的。我家里有一样很漂亮的别人家都没有的装饰品,一只玻璃松鼠,两只小前爪抱在胸前,爪里还抱了小松果,小脑袋微微昂着,嘴巴张开,露出两颗显眼又可爱的门牙,大尾巴高高翘起……尽管我知道它是用玻璃做的,但是,我仍然骄傲地对外宣称,那是一只珍贵的水晶松鼠。不知是否有人相信,但总之,从来没有人为此辩驳过。我就是打算用这只水晶松鼠跟"林寡妇"交换的。

当我带着水晶松鼠向"林寡妇"提出交换条件的时候,他似乎是忍俊不禁,我看见他几度扭过头去笑得连肩膀都耸动起来了,我几近恼羞成怒,但既未达目的,又不知该如何收场,只好装作没发现他在强忍笑容。后来,他郑重地对我说:"你知道这玉蝉是派什么用场的吗?"原来,玉蝉是"口含"中的葬玉,也就是压舌蝉,是人死后含在口中的玩意儿。他说,"这玉蝉儿是汉代古玉,是在死人嘴里含过的东西啊!""林寡妇"的话吓得我汗毛森森,浑身直打激灵儿。我突然想起祖母曾警告过我蝉儿阴气重的话来,莫非就是因为这个吗?我把这个推测告诉"林寡妇",并告诉他,其实我的祖母才是真正的寡妇,而他不是。"林寡妇"哈哈大笑。

　　祖母从老家到林场看望我们,并决定住一段时间。她在平原上过惯了,对一推门就看到山的环境很排斥,她整天嚷着心急啊心焦啊,眼前不敞亮啊,满耳朵知了叫啊,除了山什么都望不到啊……为了排遣烦闷,她开始密集地干活,做完这样做那样,实在没活计了就纳鞋底,嘶啦嘶啦扯线的声音彻夜不息。可不知怎么的,祖母就认识了"林寡妇",等我发现的时候,他俩已经坐在院子里开始拉闲了,祖母说着一口地道的甘肃本地方言,"林寡妇"说了一口广东天书,竟然交流自如。

　　"林寡妇"主动将玉蝉儿掏出来给祖母看,祖母并不接,连声说,阴气重呢,带那么个东西干啥。"林寡妇"不以为然,他伸手在空中画着圈儿讲:人死了,含在口里,可以轮回复生呢,你这辈子没完成的想望,下辈子完成,总有圆满的时候。为什么口含要用蝉的造型呢?你看蚱蝉一辈子,四年时间要在地下挖掘的黑洞里度过,钻出地面羽化成蝉在阳光下也就活一个季节吧,咋咋呼呼忙忙乱乱就为个繁衍后代,跟人多像啊!

　　我坐在他俩中间,但他们都对我视而不见,他们的话跟手里正褪的玉米粒儿一样多,他们嘴里说着,手里忙活着,玉蝉儿卧在"林寡妇"膝盖上。新鲜的玉米粒儿先是埋了他们的脚,又依着腿渐渐上升,连小腿也埋住了。祖母本是嫌树上的蚱蝉吵闹不休的,但现在也不觉得了,他们俩的听觉器官,跟蝉一样只能接受对方的声波了。

　　在"林寡妇"的生活里,不只有蛇,有蝉,还有凶猛的野猪。野猪是

各连的共同敌人,它们长相丑陋性情贪婪,一旦蹿进玉米地或者向日葵地里,一晚上就能祸害掉一两亩地。连里的大人想尽办法对付野猪,只要发现野猪的踪迹了,男人们就会倾巢而动。"林寡妇"虽然年纪大了,但他是个好猎手,是剿灭野猪队伍中不可或缺的中坚力量。他们的集体行动多半大胜而归,战利品被扛回来,女人们集中在某一家厨房里彻夜劳作,男人们将各家的大小桌子都搬到院子里集中成一长排,第二天,节日的盛宴开始了,整个连部里都飘荡着野猪肉的香气儿。

祖母没有吃过野猪肉,但她已经听"林寡妇"讲了许多捕猎野猪时的惊险场面。"林寡妇"同时向祖母承诺,他会安顿人密切注意野猪的行踪,一定让祖母尽快在长条桌上品尝到野猪肉的味道。那一天终于来临了,男人们天色未黑就带着猎枪出发了,他们早早埋伏在野猪可能出没的地方。"林寡妇"当然首当其冲,他是最好的猎手,第一发子弹总是由他射出!

轰……

"林寡妇"的枪坐膛了,弹砂向后冲出,直接揭掉了他半个脑袋。

安葬"林寡妇"的时候,那只玉蝉儿,含在他口里。

我没看见祖母有过分悲痛的表示,至少,在我眼见的地方,祖母都是很平静的。好些天过去了,有一天黄昏,祖母在炕上默坐,我坐在祖母身边折纸,祖母突然将我推下炕去,她不容置疑地叫我对着东南方向磕头,我磕了一个,她叫我再磕,我又磕了,她叫我不要停下来,接着,祖母就伏在炕上哭了起来。第二天,祖母离开林场,回到她的平原上去了。

很多年后的祖母,头发全部白了,她变得很老很老,我回老家看她,她总是在大门口的树阴下呆坐,树干上落了几只炸蝉,像一支训练有素的乐队,一起发声,一起收声,一样的声部,一样的平仄。我问祖母:"吵吗?要我赶它们走吗?"祖母微微含笑,答非所问:"你发现了吗?蝉儿啊,跟向日葵一样,攀太阳呢,它们啊,攀着太阳在树干上挪了一圈了,在地底下待的时间太长了,出来了,看着太阳爱啊!"

老祖母笑着,出声笑着,笑得老泪纵横呢!

鸟在树的歌声中穿行

　　如果一枚叶子无意间落在你头上,亲爱的,你会怎么做?

　　你会轻轻地把它拂去吗?它粘连着你的衣襟,顺着你身体的凹凸,无助地画一段没有轨迹的曲线,安静地落到地上,微微颤动斑驳的身体,像一个女人在为自己业已失去的青春姿颜羞愧。它不出声地俯在冰冷的地面上,卑微地倾听你的脚步踏在地上的震动声,那声音渐渐远去,它的心的温度渐渐和冰冷季节的地面融为一体。

　　你知道吗?它是枝头最懂风情的一枚叶子,从它还气是一个小小的嫩芽儿时,它就开始梦想,梦想一段和其他叶子不一样的一生。

　　它站在树的臂膀上,在温暖的风里浏览所有的树:一样的沉默,一样的根植在固定的地方,徒然地向高处、向四周伸长手臂,可是,树最终连身边那棵柔弱顾长的白杨的手都够不着。这枚生动的叶子日复一日地浸泡在树来自树心的刻骨忧伤里,它被树的伤痛感染,变得多愁善感,静悄悄地编织自己的叶脉,每个脉络的走向,都延续了它愁肠百转的心情。

　　它爱过小鸟,因为那只美丽的鸟曾经接着它收拢的雨水沐浴。它惊喜地看着那只精巧淡黄的鸟喙灵巧地触碰自己,让自己叶巢里的雨水汩汩而出,晶莹地滚落在它光滑的羽毛上。它用尖尖的喙蘸着水梳理自己的羽毛,一心一意,脖颈上柔细的绒毛颤出一波一波的纹理。梳妆好的小鸟飞走了,带走了这枚叶子的芬芳,让叶子从此生活在漫长的期待中。

　　它整晚都不肯入睡,就着皎洁的月光轻轻舞蹈。它翻卷叶片,尽力地上下扇动,好像是小鸟的翅膀一样;它把自己的叶尖儿簇起来,在微风里一点一点,宛若小鸟嫩尖的喙;它在最激动的时刻,忘我般地试图挣脱枝头的束缚,想让身体自由了,从此像小鸟一样在天上飞

翔。后来它累了，但它知道有一天小鸟会来这里沐浴，或者饮水。它打起精神收拢叶片的边缘，让自己变成凹槽的形状，在深夜潮湿的水汽里收集一滴又一滴的露珠。

清晨如期而至。叶子迎来了新一天的期待。它小心捧着一掬清澈冰凉的露水，仔细倾听天际每一声鸟鸣，留意空中每一抹掠飞而过的纤巧身影。它那么激动，好像随时都会等到小鸟的消息，随时都有一次久违的相聚。

可是，小鸟再也没有飞到它身边来，甚至从来没有在叶子栖息的大树上休憩片刻。叶心里的露珠总是被阳光悄悄带走，还带走了叶心里最温暖的一滴眼泪。

它成了枝头最斑驳的一枚叶子。它每天都在密集地编织自己的心事，以至于身上的脉络像网一样交错勾连。它把自己最后一滴泪水也交给了阳光，并且用阳光的笔在身上刻画一条又一条思念的痕迹。

有一天，它终于挣脱了枝头，想要飞翔起来。可是，它却无助地坠落，坠落，坠落在你的头发上。

知道吗？这真的是一枚不同寻常的叶子。你不要把它践踏在脚下，你该轻轻把它捡起来，捧在手上，带它到楼后的那棵榕树下。那只小鸟就在这棵树的枝杈上安巢，那里面还有两只尚不会飞的鸟雏。

你要把这枚叶子安放在那鸟巢里，让鸟在叶子的歌声中穿行……记住了吗？

被放逐的麦子

1. 麦子还在愤怒地生长，指着太阳

麻雀站成一排，立在废墟上，舌头上打了无数个绳结。它们头一次像今天这样，看到大片的无人看管的麦子，不想蜂拥而上。有多事的乌鸦试着去啄歪倒在地上的稻草人的破衣衫，它惊讶地看见，成熟的麦芒根根锐利，戳进稻草人的心脏。大片大片的麦子，还在愤怒地生长，麦粒焦灼而干渴，迸发出脆生生的金黄色的力量，麦穗尽力昂起沉重的头颅，眺望远处的村庄——麦子熟了，为什么看不到镰刃雪色的明亮？

麦田远处是暗哑失声的村庄，烟囱失踪了，炊烟憋进废墟没有出口的腔子里，左冲右撞。麦子的主人，蜷在黑暗中用手指抚摩压在他身上的房梁，他越来越混沌的头脑头一次用来思想：我总是在天色熹微时起床，踩过草间的露水，和田边的寒霜；我把玉米的种子埋进土地里，用双手做耙，细细捏碎田间的土块，我的身躯被太阳拿去在丹炉里熬炼，油脂和血汗都用来和大地交换；我每天晚上都在地头小坐，倾听田里的生命用各样声音表达生长着的繁忙；我看着麦苗欢天喜地地长大，像闹哄哄的蜂巢一般各自喧闹；还小的时候，爷爷就领着我站在院墙外最大的一棵树下讲：你长大成家之后，这棵树就是你正房里的房梁……现在，他就躺在他家正房的地上，他仍然清晰地记得——头前面是前年买的大电视，29 寸大，是用老婆养的半大的一窝猪娃换的；身体右边是上个月才进城拉回来的沙发，不是真皮的，但看起来像真皮的；身体左边靠墙有个大衣柜，锁着门的那格钥匙由他掌管，那里面有他所有的积蓄，一部分已用来给上大学的儿子交了学费，剩下的，要

帮凑着给儿子娶媳妇,买房子……但是,大地晃了几晃,房梁就落下来,砸在还没来得及奔出去的他身上,家园成了坟墓,他一样一样挣回来的家当都不离不弃地陪在他身旁。

主人死了,麦子不知道这个消息,麦子小心地避来大地突然裂开的伤口,等着镰刃,指着太阳,愤怒不息地生长。

2. "夏天来了,田园里的麦子熟了……"

大地患了重病,窒息了片刻,身躯颤抖,张大嘴巴迫不及待地深呼吸。许多所学校猝不及防,携着许多孩子跌进大地的黑口袋里。飓风,旋风,龙卷风,台风……邪恶的风洞在重写"天籁"的含义……昆虫、鸟儿、野兽都失了声,天籁成了人声的舞台,被哭喊独占。无辜的麦子置身事外,不明就里,但也被四面哀声包围,惊得浑身抖颤。麦粒惊破了壳,几乎跌身在地,它们惊慌地呼喊:麦子黄了!麦子黄了!

学校不见了,但一顶顶彩色的帐篷由地底生长出来,像森林里鲜艳的蘑菇,孩子坐在蘑菇底下,像往常一样书声琅琅:"夏天来了,田园里的麦子熟了……"一个夏天的童话被许多人重新书写:绿衣的战士跪在地上大哭:"让我再救一个!"红衣的志愿者疲惫不堪地倒在地上呼呼睡去,白衣的天使露出乳房给幸存的婴儿喂奶水,黄衣的乞丐挪到捐款箱前投进刚刚讨来的钢镚和纸币,用身躯护住孩子的年轻母亲在天际喃喃低语:"宝贝,如果你活着,一定记住妈妈爱你"……还有,还有流过很多泪水陪伴在人民身边的沧桑的总理。天籁里重新加入了天使的声音,他们的声音稚嫩而响亮,刺破遮没天空的阴霾,他们在读:"夏天来了,田园里的麦子熟了……"

整个大地,被蘑菇帐篷里传出的声音笼罩,一个人擦干了眼泪,一个人展开了愁眉,一个人扶着墙壁站起来眺望远处被忘记了的田地,他把双手拢在唇前,加入了自己的声音,"夏天来了,田园里的麦子熟了……"麦田激动了,叶子抖得哗哗作响,它们听见脚步奔忙的声音,镰刃霍霍的声音,人们都在喊:麦子熟了!麦子熟了!

3. 走吧，让我们收麦子去！

无心偷食的麻雀从来没有见过这样的收割：所有的人都来了，所有的人都拿着闪了银光的镰刀，所有的人在收割前都进行一场膜拜的仪式——双膝跪下，将头颅久久埋进湿润的土地里，所有的人都试图用泪水浇灌土地——也许尸骨的缝隙里能生出金黄的麦子和玉米，还能长出会唱歌的花朵，让植物的芳香弥漫这片废墟。

长烟锅依然插在老农腰间，他依然跟往常一样，坐在地头先抽了一锅旱烟。在袅袅的青烟中，他看见老伴点火做饭时房顶升起的炊烟，他看见张着手臂蹒跚学步的小孙子摇晃着走来，他看见粮囤上钻出一只狡猾的小老鼠，他看见眼前金黄的麦芒里闪动着逝去亲人的影子，他们在微笑，微笑金黄。老农握紧镰刀，开始收割，粮食就是力量，粮食就是活着的人的希望。收割吧！我爱的人，你们睡在地底，种子将在你身边发芽生长，你们将躺在麦子的怀抱里，夜夜倾听麦子的笑语。收割吧！我爱的人，你们站在云端，炊烟的香气将把我们连缀，我将在你们坟前放一碗盛满的麦粒，请记住，这是天与地的维系。

田畴万里，麦芒的金黄赛过阳光，所有的骨头都变得更加坚强，手握镰刀的人们相互搀扶，相互召唤——走吧，擦干泪水，收麦子去！

第 辑

沉 思

　　一粒种子,可能被风吹进岩石的缝隙里,可能被飞鸟带走化进腐叶,也可能落在一棵根深叶茂的树干上生根……一株草,可能被几样昆虫同时选中,蝈蝈选它的根茎做新房的门厅,绿蛛藏身在叶背下面,食蚜蝇振动着薄翅欲落不落,蚂蚁匆匆爬上来,露珠摇摇欲坠……

一只麻雀落下来

　　一只麻雀骤然落在我前方,径直落下的速度,像一块高处坠下的石头。我继续行走,三两步就迫近它,几乎比邻摩擦。它丝毫不以为意,甚至没有歪着脑袋,用警觉的圆豆眼瞟我一眼,它完全被那些食物残渣吸引,柔软而有弹性的颈子,被有节奏的琴弦牵引着,兀自一啄一啄。

　　我脚下,是被行人踩了一冬的残冰,一层又一层雪覆盖过,又一次次消融过,最后就留下这些肮脏、坚硬、凹凸不平、光滑的残冰。旁边是大马路,被车流和车鸣罩住的大马路,无论昼夜,宁静从不曾降临,也或者正因为喧杂已成为常态,喧杂也就变身为宁静,连最警觉敏感的麻雀都在这诡异的宁静中适应为大隐隐于市的智雀了。

　　前面,又有一些食物残渣,在这条喧闹的大马路两边,从不缺少这些东西。而这里,还多出一些汤汁,泛着腻腻的油花。它们吸引了一群麻雀,纤细的爪牢牢抓住地砖,所有的小脑袋都按着统一的节奏点点啄啄。行人很多,有蹒跚迟缓的,有敏捷轻盈的,有急促快跑的,在这样芜杂的人类腿脚森林里看到一群安然寻食的麻雀真是奇异的景象。面面相对却彼此视而不见,人类的视而不见大约有不屑或悲悯的意思在里面,而麻雀的视而不见呢?是对警觉的懈怠,还是来自那对圆眼的冷静洞察?连小孩子,蹦蹦跳跳的,也只是掠过一眼而已,诱惑他们的是什么?冰冷的荧屏是否比温热的活物更有吸引力?

　　而乡下的麻雀,断然不是这样的。

　　这种与大地浑然一色的,如同由土里生长出来的小鸟天生谨慎,天性卑微,它警觉地与世界保持着距离。高阔的天空是禁区,不可涉足,深厚的大地也充满不定数,不能驻留,它取了一个中间数,天空与大地之间的树冠上,那些交错纷繁的枝条像一张安谧的大网,连最高

处的枝子,虽随风摇曳,却也是最安全的歌台。在觅食的时候,它们听从头鸟的召唤,聒噪着飞起,警觉地低掠,短暂的停留和啄取,即使在荒无一人的雪野,它们也保持着卑微的警觉,只有唧唧喳喳的聒噪成为存在的符号,而它们的身形,卧在枝上的、在低空飞掠的,都似乎要无限地融入风,融入树。

有时候,乡下的麻雀也会因食物所困,不得不落到院落里。它们先在屋檐上、墙头上激烈地争论,跃跃欲试,即便下面是空无一人的院子,它们也总被人的危险气息困扰,不肯贸然落下。有胆大的麻雀鼓起勇气飞下去了,伶仃的细腿快镜头地闪换,颈子才点三两下,翅膀已上了发条似的张开,扑棱一下飞起来。仿佛有人蹑手蹑脚拿着网子走来一般,在雀儿眼里,院落就是个危机四伏的世界。

实际上,乡下人真是很淳厚的,在田野萧瑟的冬天,他们是不介意麻雀与鸡群争食的,连看门的狗也大度而慵懒地卧在一边,暗自好笑麻雀们在狗盆周围寻食的过分警觉。

只有在盛夏和整个秋天,农民和麻雀才会公然地相互愤恨。

整个田野都在发光。成熟的光芒如此炫目,整个大地都激动地抖颤起来,绿的波浪,红的波浪,金的波浪,深与浅的波浪,五彩的波浪,在这海洋的漩涡中心,无比芬芳的香气螺旋一样扩散出去。在麻雀的圆眼睛里,这确是一个奢侈的食物世界,还有什么能抵得上一场盛宴的欢乐呢?

然而,成熟的海洋里很快竖起桅杆,歪歪斜斜的木头,钉成不合规矩的十字架,庄稼人匆忙地连稻草都懒得捆扎了,给它套一件小丑也要捂嘴偷笑的烂衣衫。这些被风吹得飘飘荡荡的木头人早已吓不着麻雀了,倒是夜里,走夜路的人要被这鼓鼓胀胀扑来的黑影吓个半死。

秋天是麻雀最胆大妄为的季节,似乎要为往日的卑微雪耻。它们一边洞察和破解农民的诡计,一边发起一轮又一轮的冲锋。褐色的影子由远处掠来,激动地聒噪着,在一片茂盛的庄稼地上方插进很多条斜线,就像一头扎进了大地,倏忽间消失了,唧喳声也随之消失,田野陷入沉寂。

愤怒的农民举着镰刀赶来,举着木棒和树枝赶来,或者用力拍着巴掌，捡一块土坷垃用力投出去，口中发出尖锐的"嗷——嘘——"呼——麻雀们一同惊飞起来，径直飞向庄稼地的另一头，凌乱地鸣叫，似乎在用咒骂回应咒骂，倏忽间又一头扎下去。

每个秋天，农民和麻雀，都会重演一次雷同的仇恨。和解要等到大地成熟的香气散去，初冬来临。一场又一场西北风带走了一切引发亢奋的事物，万物的粉饰全部剥离，繁杂化为单纯，简单的线条画，单调的用色，一切都寂静下来，包括麻雀与农民曾经的怨恨。

可是，在庄稼地里年复一年上演的闹剧让我感到宁静，而在城市街道上麻雀在腿脚森林间寻食的安谧，却叫我心生不安，感到忧伤。

怕的另一种姿态

示弱是一种生存智慧,多数昆虫愿意采取这种安全系数较高的低调方式安身。它们观察自然、依赖自然、参照自然,与自然达成妥协,巧妙地模仿生存环境的底色,将自己最大限度地混同到背景中去,融化了一样,消失了一样,从来没存在过一样。它们不事张扬,泯灭个性,甘于暗淡,宁肯做清一色的万众,不愿享受万众瞩目的一丁点儿反光。若真的被忽略了,将是它至高无上的荣耀。

……叶蝉若虫将扁平透明的身体贴附在叶柄上,瞬间隐身不见;绿蚱蜢总在青草间抚琴,褐蚱蜢却聪明地跻身在草茎下——那个枯青交杂、靠近土地的地方;尺蠖抬起上半身屏息不动,只为让你误会那不过是一段枝节;螳螂固然身怀绝技,但也凝神作势、岿然不动,低调地与周遭融为一体……在大自然的底色里,它们是依稀莫辨的一部分。在暗藏杀机的困境中,它们的小把戏、小阴谋固然相当高明,但这种智慧既没有英雄主义的豪情,也没有理想主义的浪漫,是畏缩的、卑怯的、叫人怜悯的弱者的姿态。如果这一大片山野中的小生灵都是暗淡的示弱者,这天籁,就单剩下草木拔节的声音了。它们各守城池,自恋自保,悄然潜行,没有非分之想,山野衰老了一般,被浓重的暮气笼罩。

那流星一般坠下的花朵,那流动在青草之上的水一样的花朵,那忽上忽下忽左忽右小女儿情态的花朵,那自由的可飞翔可跳跃的花朵……绚丽、明艳、鲜亮、水色,是正午骄阳下纹丝不动的草丛间扑棱棱腾起的雄性野雉,鲜艳的尾羽在青绿的背景下闪耀金光——那花朵,在草木之上,正张扬着另外一种炫目的生存智慧:逞强。

总有一部分昆虫在自然的底色下呼之欲出,自然不是它生存的背景,而是生活的舞台。存在不是易事,凶险无时不在,对一切,它们都了然于胸。怕,当然是怕的,如何不怕呢?从一颗卵粒开始,被啄食、被寄生、被碾碎,侥幸迈过这些关口,化蛹又陷入彻底无助但凭天意的境地,变身为一只若虫,还要经历一次又一次蜕变,每一次都是冒险,从小龄若虫蜕变为熟龄若虫,终于羽化,却并非一步登仙,求偶、交尾、繁殖,短暂的一生链条上每个环节里都潜藏凶险。怕归怕,怕也还得活下去,何况,对它们来说,繁衍的使命要高于生命。但是,它们虽怕,却怕得有气度,常常巧用拟态,乔装成强大者的样子虚张声势,对方往往被吓退了,或在下口前举棋不定,犹豫间给了拟态者溜之大吉的机会。

逞强者都是鲜艳的,像平淡无奇的面孔上生着的一粒美人痣,朱砂一点成就了一张面孔别样的风情。它们,就是山野的风情。

黑鹿蛾栖在哪里都是极抢眼的,深色的晚礼服闪着蓝紫色光芒,长腹一环一环相套,几条橙黄色腹节像深色礼服上的小外搭,耀眼夺目,贵夫人的夜生活就此拉开序幕。它自知美丽,也不掩不藏,总是款款栖在长草的顶端,颇有些招摇的意思,即使遇到意中人也不寻个幽僻之地,依旧在高枝上公然交尾。虫界总被它高调的贵族做派吓住,私下以为,它的公然夺目一定是有底气的,看那环环腹节,与蜂类极相似,一定身藏利器,再看那明亮的橙黄色腹带,似在警示众人:我不怕!我有毒! 实际上,黑鹿蛾是实打实的无能之辈,无利器可伤人,无剧毒可惧人,甚至行动也不甚灵巧,因为腹部生得粗笨,翅膀又窄细,飞行起来总显得差强人意,只要不怕它,用两手一扣,就能把它捂在手心里。可正是这笨拙的飞蛾,强捺无力防身的那点怕,以张扬的扮相,从山野中跳脱而出,点燃了多少株寂寞的野草啊!

提起蜂类的暗器,昆虫界个个敬畏,因而乔装成蜂相招摇过市的昆虫居多,最成功的乔装者是食蚜蝇。虽属遭人唾弃的蝇类,但它的成功拟态却让它人见人爱。它的体色、样貌几乎跟蜜蜂一模一样,但比蜜蜂更清秀纤巧,无胸毛,又无酿蜜重任在身,不受采集花粉之累,飞得也轻巧动人。它也喜爱吸食花蜜,所以常见它在花间飞舞,宛若家道殷实无衣食之忧的花花公子。食蚜蝇是双翅目,只有一对翅膀,而蜜蜂是膜翅目,有前后两对翅膀,但谁又会仔细辨别呢? 谁让它够聪明,又够嚣张呢? 在山野间,拉起蜂的大旗,让蝇尽情飞舞吧!

蛾类和蝶类昆虫在羽化之前,都是形态各异的瘆人毛虫。同属毛

虫,生存的姿态却不同,有的低调示弱,体色就是与环境相一致的保护色,它尽最大努力将自己隐身到背景中去。有的却高调逞强,恨不能将所有醒目的颜色都堆积在自己身体上,它们的体色,完全出离于背景,被称为警戒色,它明确地警告对方:剧毒品,滚远点。有一次,我在乡间小路上遇到一只鲜艳的毛虫,蹲下来查看,它蓦地扬起头,色瘤上的刺毛簌地张开,每一簇都高度紧张地耸动着,一张布满色斑的小面孔无比狰狞……它真把我吓住了,我若不让开,它似乎真有可怕的手段对付我。

有个性的逞强者很多。像天鹅绒吊虻,一种可静止于一点悬飞的小东西,毫无杀伤力,却把自己打扮得毛茸茸的,上演了一场熊蜂的模仿秀;许多种类的蝴蝶更是自不待言,它们美丽的翅膀上生有大大的眼斑,翅膀一展,一双大眼迎头瞪视,让心怀鬼胎的天敌不得不偃旗息鼓……

它们都是弱小的,每一米前程,都心存战战兢兢的怕,但它们还是登上了山野大舞台,浓墨重彩,扮一把京剧花脸,只听得——哇呀呀,咚咚锵,出得台来……

地拉蛄的困惑

　　地拉蛄的学名叫蝼蛄,这名字很正统,无甚意味,我不喜欢,我还是喜欢小时候邻家奶奶口中的地拉蛄,或者拉拉蛄,叫出口就跟音乐的音节一样,既有节奏又顺口。更喜欢的,还是邻家奶奶细着嗓子教我们念的关于地拉蛄的歌谣。奶奶平时讲话粗声大气的,但一唱起民谣,嗓门就骤然弱了,捏了尖尖的假嗓子,轻声细气地唱:

> 地拉拉,串门门,
> 翻墙墙,看姑姑。
> 地拉拉,鞋垫垫,
> 地拉拉,红线线,
> 地拉拉,毛眼眼,
> 地拉拉,贴脸脸,
> 地拉拉,抱团团
> ……

　　这歌谣有明显的情色意味在里面,活脱脱地再现了男子求偶时的迫切,女子怀春时的含羞,交换信物时的柔情,两情相悦时的大胆……好在这些意味都是长大后蓦然悟出来的,至于年幼时光啊,满脸的天真无邪,念什么都不求甚解,唯一纠缠过邻家奶奶的问题就是:地拉拉是什么呀?奶奶神神秘秘地叫我们都安静下来,侧着耳朵听周围的声息。林场的夜晚比白天要喧闹得多,人哑了声,但人以外的生物却活跃起来了,蝙蝠四下里飞掠,若扔个东西到谁家的柴棚子里去,就会呼啦啦惊起一大片嘈杂的黑影。潜伏在草丛旮旯里的小昆虫可劲地欢叫,似乎在释放一个白昼积压的压抑一般。但这欢叫里面,夹杂着一些低沉的、暗哑的、抖颤的鸣叫,很固执地重复着一个调子……邻家奶奶等我们辨出这异样的调子了,就说:"这就是地拉蛄,咕咕叫着找伴呢。"从此,地拉蛄就在记忆里沉淀下来了,原来是一样耐不得寂寞四下里寻伙伴玩耍的小虫儿啊。

可是,那时候还没见过地拉蛄的真面目,只是想着,它必然是像纺织娘一样生着纤巧的身子,翅膀翠绿,体态轻巧的小昆虫,尽管嗓子不像别的小虫那样宛转动听,但想象它那哀鸣求伴的小郁闷样儿,也不会丑到哪里去。可惜,这样的幻想很快就在跟爸爸翻地的过程里打破了,原来,地拉蛄竟生得那般凶恶:圆锥样的小脑袋上顶着两黑溜溜的小圆眼;触角在前摆动,尾须在后试探,倒像是用来防身的凶器;一具大盾牌倒扣在背上,跟它那尖脑袋很不相称,显出外强中干的猥琐样儿来了;翅膀也生得奇怪,前翅宽短连一半肚子都遮不住,后翅却细长至尾;最有特色的是它那前足,又宽又扁又平,看起来很坚硬,还生了四根锐利的刺,宛若钉耙。我那时就想,这么凶恶丑陋的虫子,怎么会寂寞呢?

事实证明,地拉蛄只是徒有其表而已。它貌似威风凛凛,实际上却胆小怕事,憨厚木讷,起码,在我们这群无甚玩物只好玩昆虫的小孩子中间就是这样。哥哥他们那帮小男生最喜欢玩地拉蛄,若有大人从地里掘出地拉蛄来了,必然有几个男孩子得宝似的飞奔而去,他们把地拉蛄紧紧扣在拱起的两手掌里,我急急忙忙地追赶在后面问:

"咬你吗?"

"不咬!"

"用爪抓你吗?"

"不抓!"

"那它在你手掌心里干什么?"我追在他们后面,气喘吁吁的。

"挠我,挠我的手指头缝儿。"说着,他们就乐不可支地笑起来,直笑得再也受不住地拉蛄在指缝里不依不饶地抓挠为止,他们终于松了手,地拉蛄掉在地上,飞快地倒退几步,蓦地定住不动了,开始装死的伎俩。在我们眼里,地拉蛄只有两样本事,一是抓挠,一是装死,任你怎样将它逼到绝境,它也绝不会咬你一口或用暗器伤人,一副逆来顺受的可怜样儿。

可就这样一只窝窝囊囊老老实实的昆虫，在人类世界里却被扣了不少"牛鬼蛇神"的大帽子呢。

教科书上这样记载：昆虫给人带来的害处主要有三方面：①直接危害人体，传染疾病，例如蚊子、臭虫、苍蝇等；②危害农作物、果木、林木、家畜等，例如蝗虫、蚜虫、蝼蛄、玉米钻心虫、稻螟虫、松毛虫等。③破坏人的食物、家具等物品，例如蚂蚁、白蚁、蟑螂等。

地拉蛄很不幸，它被多次转载举证，是白纸黑字的害虫。它那对扁平结实的钉耙状前足，就是作案工具。它是唯一一种终生过着地下生活的昆虫，一生在地下挖掘不止，以巢穴为中心，挥动大铲挖刨，拱着脑袋硬钻，扛着盾牌挤压，就这样无休无止地掘出四通八达的通道。就像人类修建隧道碰到障碍要开山炸石一样，地拉蛄在挖掘过程中碰到植物根须和根实拦路时，根本不管它是庄稼还是杂草一律咬断切碎大吃一顿，若碰到土豆红薯之类不好对付的根实了，它索性就地钻出一个长洞直穿而过。它就这样不屈不挠地在黑暗的地下挖掘通道，排除万险，知难而上，持之以恒……要说它错了，只能是错在缺乏判断能力，它判断不出哪些障碍是为人类提供膏粱的，若它有这样的智慧的，我相信，它宁肯绕道千里也绝不会去招惹这些会直立行走的蝼蛄天敌。可是，只要地拉蛄还活着，就得靠着本能去挖掘，而它的本能又是违背人类利益的，要真想为地拉蛄翻案，恐怕要等到它们集体自绝于人类的那一天！刘伯温在一首《念奴娇·咏蛙》词中说，"蚯蚓蝼蛄无智识，相趁草根嘈啧"。唉，它们若有智识，教科书中也就没有害虫一说了，天下昆虫必然以服务人类为己任，察言观色，躬行人道了。

原本，地拉蛄身怀五技：能掘洞、能游水、能攀缘、能飞跃、能跑走，一只一生大部分时间都生活在黑暗中的昆虫能拥有这样几项技术已经很不错了，可是，古人还是不放过走霉运的地拉蛄，它们又成了教诲人类学习必须要专一精深，万不可自满于一知半解的反面教材。荀子在《劝学》中说："……螣蛇无足而飞，梧鼠五技而穷。"后来演化为"梧鼠之技"的成语，比喻似乎什么都懂一点而又什么都不高明。而《劝学》文中的梧鼠，指的就是蝼蛄。因为《古今注》说："蝼蛄，一名天蝼，一名鼫，一名硕鼠。有五能而不成其技：一飞不能过屋，二缘不能穷木，三没不能渡谷，四穴不能覆身，五走不能绝人。"如此说来，地拉蛄既从物质上危害人类，又从精神上贻害大方，真是万劫不复了。

　　地拉蛄能飞，但是，它一生只有两次飞翔的机会，且都是为迁移家园而飞。十月左右，是最容易发现蝼蛄出洞的季节，那是因为它在做越冬的准备。越冬时，它需要寻找干燥的地方，只能离开家园飞往适宜之地安居。越冬之后，它需要选择潮湿润泽之地产卵，于是再次出洞飞往河岸、池塘周围、稻田菜园等地扎寨。完成两次飞翔之后，它开始产卵并抚育儿女成人，生命也走向尽头。这样看来，地拉蛄能飞但不善飞也是可以理解的了。要从地拉蛄生存的角度来看，会掘洞是为了寻食或者遇险时逃生，会游水是为了在天雨巢穴漏水时涉水而上逃命，会攀缘会跑走也都是为生存而历练出的天赋，我们人类如此强大和精于学习，何必要如此苛求一小虫呢？

　　我们都知道，地拉蛄的鸣声不甚美妙，调子单一无变化不说，嗓门也低沉嘶哑，犹如哀咽之声。于是，文人们都用蝼蛄的鸣声来渲染哀婉凄切的气氛，有无名氏诗曰："凛凛岁云暮，蝼蛄夕鸣悲，凉风率已厉，游子寒无衣……"李贺的《宫娃怨》也有"啼蛄吊月钩阑下，屈膝铜铺锁阿甄"的句子。似乎蝼蛄一鸣，即刻愁云惨雾一片，可实际上，蝼蛄跟蝈蝈等鸣虫一样，都是雄虫会鸣，雌虫不会发声的，而雄蝼蛄之所以在夜里不厌其烦地摩擦翅膀发出低沉单调的声音，完全是为了引诱雌虫前来交配。如此看来，雄蝼蛄的本意根本不是想吟一曲哀歌，恰恰相反，它那低沉抖颤之声正是它急切、激动情绪的写照呢。而那些专门研究益虫害虫的人类就很智慧地利用了蝼蛄们这一特点，把雄蝼蛄的鸣叫之声录制下来，将录音机放置于田间地头啼鸣不止，雌蝼蛄听到召唤，纷纷前来幽会，结果，正中圈套……

　　说到雌蝼蛄，却不得不说它是母爱的典范。六月份，进行过交配即将临产的准妈妈们在隧道中进行房屋改造，在通道中选接近地表的地方开掘一处宽敞的酒瓶肚状的产房，产房四壁通道全部封死，只留瓶口通往地表，然后准妈妈们四处寻觅腐草杂草铺到洞中，以备幼儿出世后嚼食，产卵后雌蝼蛄封好洞口便到处奔走为即将出生的宝宝觅食,估计小幼虫出世时,再回到土穴中,从此再也不离开儿女,直到它们能独立生活。随着若虫渐渐长大可以成家立业之时,蝼蛄母亲便开始奋力挖掘另造几处巢穴,并把小蝼蛄分散到各自新家之中,然后,这位伟大的母亲便将房产全部留给宝宝,自己净身出户另找地点造屋去了。

可惜,地拉蛄终究不是邻家奶奶歌谣里的地拉拉了,也不是捂在小孩子手掌心里使劲抓挠的那个地拉蛄了,它的恶名已经盖棺论定难以挽回,它跟善于钻地的蚂蚁、蚯蚓一起,被人类鄙视为危害庄稼草木的害虫,被鄙视为只能在黑暗中行苟且之事的善于钻营者,被鄙视为五技不精的自满者。它虽然能鸣,却不能鸣婉转之声;虽然爱子,却涉嫌溺爱无度。它的确是臭名昭著无法翻身了。

只是,若昆虫们有了智识,会不会把人类列为白纸黑字的害虫?呵呵,谵妄之思吧,见笑。

天籁

阿拉克涅和她的网

  Arachnida 这个英文单词中规中矩的含义是"蛛形纲",囊括了我们常见的蜘蛛、蝎、蜱螨等。这几样体型娇小的动物在人类社会中都没有什么好名声,蜘蛛和蝎以险恶毒辣闻名,而蜱螨则多被鄙视为阴暗卑劣之徒。可是,考证"蛛形纲"的英文单词来源,却出自于一则希腊神话,神话里有一个叫阿拉克涅的美丽姑娘。阿拉克涅,就是"蛛形纲"Arachnida 的本源。阿拉克涅冒犯了宙斯的爱女雅典娜女神,她竟然公然挑战至高无上的诸神,最后,她灵巧的纺织手艺成了她的桎梏,雅典娜将美丽的姑娘阿拉克涅变成头小腹大终日编织不歇的蜘蛛,姑娘的名字被沿用下来,成了教科书上永远的"蛛形纲"。

  将名声不好的蜘蛛跟美丽的姑娘联系起来,这种行径简直跟恼羞成怒的雅典娜一样恶毒,这似乎暗示着人类对阿拉克涅因犯下两宗罪而受惩罚的首肯。让我们听听,可怜的阿拉克涅都犯下什么过错了吧!第一宗罪,她的编织手艺不该享誉整个吕狄亚,连远在特摩洛斯山麓和帕克托罗斯河边的众神女也听到她的大名了,纷纷远道赶来,只为欣赏阿拉克涅是怎样用薄雾一样缥缈的丝线织出露珠一样轻灵的布匹。可是,人的手艺怎可胜过神呢?人的一切聪明智慧都是受神所赐,神摆布人类的想象力,牵制人类的双手,神应该受到膜拜。第二宗罪,倔强而骄傲的阿拉克涅不该向主管智慧和技艺的雅典娜女神挑战,她宣布说:"让雅典娜来和我比赛吧!她绝对赢不了我,这一点我丝毫不担心。"她的宣言吓坏了诸人和诸神,我也被吓坏了,但我相信她说得没错,雅典娜的智慧全用在诸神之间的争斗上了,即使万物生灵出自神灵之手,但神早已远离生灵生存的错综过程成了形而上,但阿拉克涅没有,她是形而下的人子,要用聪慧的眼睛和灵巧的双手编织具体的生活。果然,雅典娜被激怒了,她先是强捺怒火劝阿拉克涅收回那些狂言,向永生的神祇之手低头,见倔强的小姑娘仍然不肯服输,她就应战了。

雅典娜的确了不起,她运筹帷幄地编织出雄伟的雅典卫城,还活灵活现地描绘了她与波塞冬争夺阿提克统治权的战斗场面,而奥林匹斯山的十二诸神,以她的父亲宙斯为首端坐一旁,担任这场争论的裁判。最后,雅典娜趾高气扬地在图案四角上织出人类对神不恭而遭受惩处的情景,四周却欲盖弥彰地织上了橄榄树叶组成的花环。其实,聪明的阿拉克涅应当能看出雅典娜在布匹上编织出的暗示,如果此刻她能低下头来请求女神原谅自己的狂妄,她就不会遭到以后的厄运。可是,阿拉克涅那么骄傲和倔强,她绝不肯服输,她美丽镇静的脸上浮出嘲弄的冷笑,梭子在她手中翻飞,布匹上很快呈现出宙斯等神的风流韵事,那些高贵的神像人类一样被各种情感困扰着,显得软弱无力且充满忧伤。她的织品精美绝伦,美的神圣和情感的真实交织在一起,完全不亚于雅典娜的织品。但阿拉克涅画毯的题材击中了雅典娜的痛处,她把神高贵的披风揭了开来,露出神虚弱佝偻的身躯。雅典娜发怒了,她将画毯撕得粉碎,摔到阿拉克涅脸上。刚强的阿拉克涅当即含辱自尽表示抗议。但居心叵测的雅典娜不让阿拉克涅轻易死去,她将阿拉克涅变成了一只吊在网上的蜘蛛,她阴险地对这只回天无术的小织工说:"活着吧,不恭顺的女人。但是你得永远悬在空中,永远不停地织布,而且你的后代也必须遭受这种惩罚。"

最近,我读过一篇中规中矩的读后感,作者用惋惜的笔触叙述了阿拉克涅挑战雅典娜的故事,然后,沉重地感慨说:做人不可以狂妄自大,否则就会自取其辱。当时,我被这篇来自本世纪的读后感吓住了,我想,这些感触绝不是希腊神话原创者的本意。你看,阿拉克涅攀在网上,网每天都会破损,她每天都会补缀,她不厌其烦,依然把网织得巧夺天工!诸神藏在暗处看着,一定看得心惊胆战。

Arachnida(蛛形纲)中包括很多种类的蜘蛛,大部分蜘蛛秉承了阿拉克涅心灵手巧的织工,把一张张网织得让人类绞尽脑汁也猜不透这些容貌丑陋的家伙们怎会得此天赋。数学家们在蜘蛛网上观察到了"对数螺线",对数螺线是一根无止境的螺线,它永远向着极绕,越绕越

靠近极,但又永远不能到达极。据说,使用最精密的仪器也看不到一根完全的对数螺线,这种图形只存在科学家的假想中。可是,让科学家们大吃一惊的是,小小的阿拉克涅们掌握了这种法则,并娴熟地运用了这种法则。还有人考证说:"曹姓邾国、初代国君为曹侠被周分封于邾地,当地殷商遗族以蜘蛛为图腾,八卦源于八脚蜘蛛、六十四卦之形源于蜘蛛网。"……瞧,阿拉克涅们还是那样倔强,她没有因为羞辱变得迟钝,她还是那么高明,在日复一日的编织中暗藏机巧,在神话中,她向神挑战,而在生活中,它跟人挑战。

我还记得一首《菩萨蛮》,出自何处、作者是谁都记不得了。

> 绮楼小小穿针女,
> 秋光点点蛛丝雨。
> 今夕是何宵,
> 龙车乌鹊桥。
>
> 经年谋一笑,
> 岂解令人巧。
> 不用问如何,
> 人间巧更多。

这首小词让人类跟蜘蛛的关系亲近许多,人类要比神话里的诸神圆滑得多,他们知道变通,知道在这个无神论的时代可以跟蜘蛛统一战线,结成同盟。他们向蜘蛛乞巧,然后又向天炫耀说,"人间巧更多",这种油滑的作为让人厌恶,但似乎又是这个时代所能达到的最大的和谐和妥协了,于是,我也妥协。

我是在一张巨大的蜘蛛网前产生以上这些想法的。那张蜘蛛网横亘在我散步的路上,以小路两旁的两棵树枝为支点,辐线四面八方地放射出去,横轴密密匝匝又整齐有序地排列,它堂而皇之地张在那里等着我,似乎专等我自投罗网似的。

一条河的流淌方式

　　走到西河边上，迎面是爽利的风，风里夹杂着春天日渐丰富的各样味儿：潮湿而清新的泥土苏醒过来，轻轻打着哈欠的味儿；桃花张着眼睛，喧喧嚷嚷嬉闹的芳香味儿；树叶抽芽了，探头探脑浓郁的油香味儿。河边上奔跑着一群小学生，鞋子提在手里，时不时跳进浅滩上稀烂的泥巴里，泥巴还是森凉的，又尖叫着跳上岸来，把脏脏的小脚丫伸进被阳光晒暖的干土里揉搓。

　　这条绕小城而过的河跟这个小城一样，灰暗，微小，不出名，在地图上找不到具体位置，也没有任何标示，但如此名不见经传的河流依然耐心地喧哗着，一流千万年。我无从考证它究竟来自哪里，又要流到哪里去，但我想，河也有河的梦想。它也会希望自己能像长江黄河一样用滔滔的气势给自己在人间立一块碑，它还会希望自己的流程中能碰到凌厉的地势让自己也成就一番惊人的壮观。可是很遗憾，它没有遇到这些能够满足自己梦想的外部条件。夏天雨水充沛的时候，它充满喜悦地慢慢膨胀自己，河水冲上河岸，去洗刷业已洗刷了千百年的石板。可是，总是在尚未达到自己预想的体积时，雨水就停止了，它只能恋恋地消退，把一些沙石遗留在河岸上。在它的生命中，甚至不能留下一块被自己流动的水冲刷成平滑浑圆的鹅卵石，那些拉拉杂杂的碎石头露出棱角嘲笑它的微弱，可它还是那么平静，河水永远不愠不火，无声无息。

　　我凝视着这波纹不惊的河水，它也因为携带了黄土高原的泥沙而浑黄，但却黄不出黄河的惊人气势。我想，没有活出自己的个性，可能就是它此生最大的悲伤。不清澈透亮，不浑浊凝重，就这样尴尬地介于二者之间，混沌不堪地存在着。

　　正这样乍惊乍叹地思索着，"妈妈！"一声清亮的叫声打断了我。我

转回头,儿子兴冲冲地奔过来拉起我的手,"妈妈,我发现了一只小小的癞蛤蟆!"我跟着儿子走到河边上,看到淤积的稀泥里活动着一只小小的蛤蟆。它全身都被稀泥巴裹着,在泥巴里费力地跳着,像脚上沾了胶。儿子怜悯它的柔弱,捡来一根树枝在泥巴里扒拉着,小蛤蟆泥头泥脑地回到被阳光照耀着的河岸上。可是,蛤蟆并不领儿子的情,反倒像受了委屈的小姑娘一样,一拧身便头也不回地蹦回了泥巴滩,继续在里面艰难地蹒跚。儿子想,它一定喜欢潮湿的地方,不喜欢干巴巴的河岸,于是又去帮小蛤蟆,把它拨拉到河水里去,但是小蛤蟆更愤怒了,在河水里迅速划拉两下,一跃而起,又回到了自己的烂泥巴里。儿子叹口气:"唉,我知道了,泥巴滩肯定是它的家,那我就帮它洗个澡再回家吧。"儿子用两根小棍小心地夹着小蛤蟆在清清的河水里涮了两涮,棕色的泥巴被冲去,显出它绿褐色的身形来,它使劲蹬着小腿儿,活泼泼可爱,洗完了,儿子小心翼翼地把它放回泥巴里。可儿子的手还没抽回来,它就急不可待地猛然往泥巴堆里一钻,再露头的时候又是被泥巴裹着了。儿子傻眼了,皱了眉头撅了嘴巴,我呵呵笑起来,我给儿子讲,泥巴是小癞蛤蟆的保护色,当它用泥巴裹着全身一动不动的时候,其他生物就很难发现它。这样的话,像蚊子之类的小飞虫就上当了,它们那么喜欢到潮湿的地方去,见那里什么东西都没有,就兴冲冲地飞过去了,可没想到啊,聪明狡黠的小蛤蟆正藏在那里等它们呢,这样啊,小蛤蟆就可以轻而易举地填饱肚皮了。儿子恍然大悟,咧着嘴巴笑了。

我顺着河水的流向延伸目光,河水平缓安详,不急不躁。我突然惭愧了,一条河有一条河的流淌方式,一只蛤蟆有一只蛤蟆的生存方式,人呢,可以无思无惑度过平静安详的一生,也可以被梦想左右度过腾挪跌宕的一生。完美是美,缺憾也是美,为什么要刻意去塑造什么呢?

河水平缓,我心安详。

同样是蜕变

　　灰姑娘多么幸运！眨眼间，她得到了连人间最尊贵的女王也要艳羡的华衣，还有一双恰如其分地包裹着纤巧脚踝的水晶鞋。从前，灰姑娘的指甲缝子里总是残留着洗不干净的灰垢，金色的发辫被灰尘沾染得暗淡无光，身上的衣物总是寒酸不得体的……可是，这一切，都在仙女魔杖的轻轻一挥间灰飞烟灭，取而代之的是叫王子和所有后来人心醉神迷的田野的芬芳。于是，她有恃无恐地美丽了几千年，还会旁无他顾地继续美丽下去。

　　丑小鸭也是幸运的化身。它的幸运在于，它最终会变成一只美丽的白天鹅。可是，如果它不是一只天鹅，它原本就是一只丑陋而又怪异的鸭子，那又如何？因为它最终的蜕变，它所经历的歧视、排挤、流浪……种种的苦难，都成了一只天鹅的传奇，它因此除了拥有美丽，还拥有了无与伦比的高贵。

　　同样是蜕变，但不是所有的生命都能蜕变出脱胎换骨的幸运。

　　比如，蝴蝶。

　　人们看着成为王后的灰姑娘可以忘却她曾经的褴褛和卑微，人们仰望着飞翔的天鹅可以忽略它幼时的猥琐和丑陋，似乎他们的美丽是与生俱来的，不可亵渎。但是，人们拈弄着蝴蝶美丽的羽翼，却无论如何也无法忘记它那令人嫌恶的前身——一只肥胖的蠕动的虫子，有的是青色的、滑腻的，鼓起一节一节赘肉的虫子，让人联想到蝴蝶羽翼上铺着的薄薄一层绚丽的粉，也是滑腻的，是脂肪堆积的肉感；有的浑身长满毛刺，在急促耸动身体的同时，让毛刺随着翻出一波一波的浪。人们开始引申，引申到美丽羽翼遮掩下的纤巧躯体上，那上面同样覆盖着一层细密的灰黑的绒毛……

　　蝴蝶也蜕变了，但它没有脱胎换骨，它无法像灰姑娘和丑小鸭一

143

样拥有人类全部的崇敬和爱怜，它成了三分之一的美丽。人们爱它，爱的是它那图案纷呈色彩鲜艳的翅膀，爱的是它那两抹弧度优雅犹伸犹点的触角，爱的是它千姿万态风情万种的舞姿。它只能成为美丽的符号，要么以完全静态的姿势存在，比如模型，比如标本，比如一幅叫人驻足不去的画；要么以绝对动态的姿态存在，和人类保持距离，不能太远也不能太近，把握好若即若离的尺度，在花丛里，在田野里，在草尖叶面上，在空气的摩擦里，既是美丽的化身，也是美丽的点缀。

在童年片段里，我曾经梦想拥有一个捕蝶网。田野里有太多美丽的诱惑，巴掌大的凤尾蝶，绅士一样不紧不慢地舞蹈，它深知自己独特的魅力，并且不顾一切地挑衅注视着它的生命个体。它若无其事地飞过来了，对你视而不见，高傲的气息随着它弧度优美的凤尾传送过来，里面浸透着花粉的暗香。它会在你暗自狂喜预备出手的瞬间突然上升，就在你的头顶——你似乎可以够着但实际上永远都够不着的高度，它开始挑衅并且得意地舞蹈，尽情翻飞摇曳。你注视着这只蝴蝶，被一种无法企及的焦灼和兴奋煎熬，想要得到它，用它生命的代价换取封存起来的永恒美丽。你想象着，用两指轻轻捏着它单薄的躯体，第一根大头针钉在它鼓起的胸上，第二根大头针钉在它柔软的腹上，用手指按在它战栗着的背上，把紧紧并拢的翅膀撑开，让它保持飞翔的姿势……从此，它就是你的了。你可以像炫耀自己妻子出众的美丽一般炫耀它僵硬的尸身，听着观赏的人发出艳羡的惊叹声。

所有美丽的生命都会格外在意自己的美丽，否则，美女在众人的夸赞中还嫌不够，她会在镜子面前顾影自怜，她还会使用各种物理的化学的手段去延长自己的美丽，对美女来说，饥饿、困顿……所有伤害都远没有容颜损毁来得更加痛苦。蝴蝶一定也是一样的。但是，我看见少女把美丽的蝴蝶抓在手里，面不改色地揪掉蝴蝶的翅膀，然后万分爱怜地把那对美丽的羽翼夹在笔记本里。也许，这对羽翼会成为一份精致的爱情礼物，你一只我一只，所有海枯石烂的誓言都凝结其中；也许，它们还会被做成一枚书签，少女会在动人的情节里缓缓落泪，用手指轻轻抚摩冰冷了的羽翼……可是，那只失去翅膀的蝴蝶呢？就像被人当众剥去了衣裳，疼痛是次要的，再也无法挽回的自尊和美丽是致命的伤痛。它现在和一只黑蚂蚁没有区别了,甚至还不如一只黑蚂蚁。蚂蚁可以用它特有的娇小赢得人类的怜爱,而失去翅膀的蝴蝶,只能是庞大怪异的怪胎,令人恶心并且恐惧。它不能再飞翔,它像一只蚂蚁一样爬行在太阳底下,在疼痛和耻辱中死去。

　　我站在草丛中,看着一只黄蝴蝶翩翩而来,跟田野里的花蕊做欲擒故纵的游戏。山野里的花朵是静止的,蝴蝶身上的四片花瓣是翻飞跃动的。它们都是花朵,点缀在天与地之间,用了两种不一样的姿态。它们身边若没有人类,空中飞翔的花跟地上静立的花将完成一场最快乐的游戏和调情。可是,不远处,一个孩子,正举着捕蝶网悄悄走来。

灰童话

在孩童的世界里,有两个极为相似的童话王国,一个是蜜蜂王国,一个是蚂蚁王国。它们都具有极其庞大、复杂、有序、科学的城堡构造,还形成了相当完美的社会秩序。在孩子心中,它们都有高贵美丽的王后在进行善良的统治。有着精致王冠、纤细腰肢、丰腴腹尾但从来都深藏不露的王后,成为所有孩子近乎奢望的梦想。他们希望能化身为一只可爱但有强大功力的小蜜蜂,像小玛亚一样为保护王国而战,最终获得王后的青睐,得以每天在王后身边逡巡。他们希望变成一只小蚂蚁,混迹在蚂蚁的群体中,去探索幽深神秘的迷宫,去偷窥实际上臃肿不堪毫不优雅的高贵王后……

每个人都有过在蜂箱周围小心翼翼进行探索的经历。夏日炎热的傍晚,密密麻麻的蜜蜂遍布在蜂箱的外壳上,不知疲倦地震动翅膀,像一个个被注入激情的机器,热情洋溢地为藏在内里的蜂后创造凉爽舒适的生育环境。千万只蜜蜂共同振翅,发出浑厚低沉的嗡嗡声,不悦耳,却叫人油然生畏。当蜜蜂王国里有新蜂后产生时,它们自发分成两拨,一拨依然忠诚地守候在年老色衰的老王后身边,另一拨则托举着年轻的新王后离开蜂箱寻找新的家园。我站在蜂箱远处,震惊地看着蜂箱里的蜜蜂几乎是倾巢而出,黑压压地在王国周围盘旋,面积越来越小,最后终于以新王后为中心抱成一团紧密的飞旋球体,它们开始攀升,滚动着飞升,滚动着离去,让我目瞪口呆。

人类毫不吝啬把美誉赠给这些令他们敬畏的生灵——勤劳、无私、奉献。把这些崇高的名词强加在这些毫不知情的生命身上之后,人类就像完成了一笔倒贴的交易一样,开始毫不留情地索取。小蜜蜂不是无私奉献吗?那好,你的也是我的,我可以用你制造蜂房的分泌物制

146

造生腊,可以用你给未来的新王后准备的食物提炼成蜂王浆,可以完全侵吞你们制造的蜜糖……侵略完毕后,不仅不肯多留供蜂群食用的蜂蜜,甚至,会无意间留下遍箱蜂尸。据说,饥饿危机是激发蜜蜂勤劳品质的最有效手段,人类很聪明地意识到了这个。

小时候,我曾经和伙伴们试图撬开蜂箱,偷到新鲜诱人的蜂蜜吃。我们毫无顾忌的行为激怒了守卫蜂箱的蜜蜂,它们在嗡嗡声里毫不犹豫地冲向我们,在我们的头、脸、手臂所有裸露的地方留下印记,然后,它们无力地飞上几米,缓缓落下,像被风吹落的树叶一样。伙伴们互相注视着变形了的面孔,愤怒和仇恨在熊熊燃烧,遍地蜜蜂的尸体一点都不能打动我们童稚的心,我们迅速准备了长竿子,在顶部绑着浸了汽油的毛巾,埋伏在草丛里,把点燃的竹竿伸向那个蜂箱……

那个时候,我们丝毫没有想到我们已经连续几年在食用产自这个蜂箱的蜂蜜,即使想到了,可刚才蒙受的强者被弱者欺凌的耻辱,也足以叫它们灭门九族。不是吗?它们虽然是生命,但它们的生命是多么微不足道啊,有谁会为一只小蜜蜂的死亡哀伤呢?人类如此强大,连孩子也能在它们面前充当命运的主宰者,它们只能奉献,只能无私,只能委曲求全,怎么能够反抗人类呢?反抗人类是要付出代价的,攻击者要付出代价,但攻击者的倒下是自取灭亡,攻击的同时也丧失了生存的权利。在人的眼中,只有变本加厉的践踏,才能讨还公道。

那个时候,我们也忘记了我们养蜂是完全不用投资的。养鸡鸭,养牛羊,都需要投入人力和物力,然后才有回报。而蜜蜂的食粮就是天地间漫山遍野的花儿,它们自己出去采集花粉,寻找蜜源,自己辛勤的一趟趟运送,它们一天到晚没有片刻的歇息,制造蜂蜜,似乎成了本能。

没有哪只蜜蜂懂得"无私奉献"这个词语的含义,即使它是王国里最聪明最睿智的蜜蜂。但它们却为这个词语付出了世世代代的代价。

还有蚂蚁。

人类在它们身上汲取"团结力量大"的精神食粮。

一只富有冒险精神的小蚂蚁,顺着你蓄意放在那里的手指向上攀缘,你的手掌、手背对它而言像蚂蚁世界里的神话一样神奇,有山峰有沟壑有弯曲交错的路……它惊异得在你手臂上细微的汗毛丛中磕磕

绊绊。你忍着笑,看着这个可怜的小不点儿在艰难穿越它自己的原始丛林,像个迷路的小狗一样,用细小的触角在叫唤,时不时立起身子,像在眺望……这个时候,它是你心情好的时候温婉的情绪道具,当它的舞台应该落幕的时候,你用手指轻轻捏住它,在你柔嫩粉红的指尖里,它连恐惧和挣扎的权利都没有,就被你轻轻一捻、一弹,连血都不流。

一支庞大的蚂蚁队伍,正在雷雨来临之前的压抑里紧张准备。它们似乎是毫无章法的,但又像是井井有条地在队伍中来回穿梭。你饶有兴趣地站在旁边,惊异于蚁群的庞大,更惊异于蚂蚁世界里不为人知的预知功能。你就像个态度严谨的科学家一样蹲下来,满怀兴趣地观察这个神秘的家族,你试着用小棍断开它们的队伍,看着蚂蚁们陷入混乱,看着它们在仅仅隔着一条细线的障碍面前手足无措。当雷声在不远的天际开始轰隆的时候,你站起来,脑子里几乎没有思索什么,就伸出脚去,在蚂蚁的队伍里,踩几脚、蹭几脚……然后,你会若无其事地跑到房檐底下,看着蚂蚁的细小尸体在雨水中无声无息地冲流。

……

蜜蜂,蚂蚁,它们构建了所有人幼时的童话王国。

一张粉嫩可爱的小脸儿,被炽热的阳光晒得通红通红的,鼻尖和额头上渗出密密的汗珠。她俯视着一朵跟她的脸颊一样娇美的花儿,花芯里有一只小蜜蜂,正抱着花蕊间那根金黄的沾满花粉的柱子,上上卜卜,左左右右,最后,它细小的后腿上被金黄的花粉包裹了,像个小小的橄榄球。它颤颤巍巍地爬上来,在花瓣上休息片刻,鼓起翅膀奋力一飞。它太娇小了,瞬间就消融在田野上空。可是,它却永远留在了那个可爱的小姑娘心里,成了梦境的一部分、幻想的一部分、纯净的一部分。

从很小的时候起,人们就善于用蜜蜂和蚂蚁的品质来教育孩子。

可是,人类似乎要的只是它们的精神,不是它们的生命!

一棵椿树上的演出

一棵树就是一个世界,一棵树上会发生很多故事,有许多角色要登场。不管是舞台,还是演员,都不是尽善尽美的,但它们都尽责地完成造物主赋予的使命。现在,我就站在一棵椿树底下,窥探另类生命的世界。在我面前的树干上,有两簇斑衣蜡蝉,一只大黄蜂,几只苍蝇。斑衣蜡蝉的数目居多,但它们是听天由命的弱者,旁边的黄蜂和苍蝇,则是肆无忌惮的侵入者。我是人类,我比它们任何一类生命都强大,但我却是个冷漠的观望者,我在意的是用窥探它们的纷争来满足我的好奇心,而不是去调解和拯救。

此刻,一只黄蜂刚刚飞临这里,它看起来面目狰狞,腿脚强壮,它被一种气味吸引而来,因为这里的树干上有树液正在渗出。而一只苍蝇也尾随着来到了这里,它是个不要自尊的无赖,厚脸皮而且狡猾,它落在黄蜂身后,细细的前肢抱起来快速搓动着,似乎在蓄积勇气。它试探着来到黄蜂领地的侧边,向那些新鲜的汁液靠拢,犹豫着停一下,看看黄蜂的反应,再向前。终于,它很快把吸管插进树液中吸了一口。

黄蜂察觉到了苍蝇的侵犯,它威严地晃动着触角,向苍蝇的方向爬了一步,做出威慑的样子来。苍蝇是识时务的,它很快就退缩了,但它只是退到黄蜂不远处,又抱起前肢来搓动着,不时把脑袋也抚搓一下,好像在回味树液的清香,又好像在权衡下一步的动向。片刻,苍蝇又跟方才一样,很无赖地向那些树液靠拢而去。

苍蝇看起来弱小,但却很执著地在黄蜂的领域里争食。在力量的对比上,似乎很悬殊,简直就没有对比的必要。可实际上,黄蜂对苍蝇毫无办法,它一再地驱逐,并示以狰狞的面孔,而苍蝇不过是略略退缩,稍等片刻,又会上前。在苍蝇面前,黄蜂的毒刺完全派不上用场。这让我想起蚊子跟狮子的寓言,强大永远不是绝对的字眼,在合适的时

天籁

刻，强大在弱小面前也虚弱无力。比如，从形体上来看，斑衣蜡蝉跟黄蜂和苍蝇相比较，绝对是个庞然大物，可是，它生来懦弱的天性使它的形体在任何昆虫面前都无法产生威慑力。

这是一棵椿树，秋天的椿树，有着黄的绿的红的树叶，散发着并不招人喜爱的味道。可是，这种味道却是斑衣蜡蝉的最爱！所以，气味的香臭，也不是绝对的。或者说，是强大的试图主宰自然的人类按照自己的喜好把气体分了类。对斑衣蜡蝉而言，臭椿散发的叫人类掩鼻的味道，恰恰是它们以为最香的味道。再想想，那些苍蝇总喜欢在厕所的恶臭里嘤嘤嗡嗡，可谁又能确定，人类所以为的臭，就不是苍蝇世界中的奇香呢？

现在，斑衣蜡蝉们与世无争地聚集在这里，挤得紧紧的，似乎是惧怕秋天的清冷，或者是害怕独自面对末日的来临？它们是蝉，需要在黑暗的地底或者树洞里生活一年，两年，或者四年之久，然后才能等到"天使的翅膀"。它们终于可以从黑暗的地底爬出，穿上美丽的盛装在阳光底下招摇。可是，美丽的翅膀能留多久呢？不过就是一个夏天而已，非常炎热的夏天！那么，炎热，又是它们多么盼望和钟爱的词语呀！那可是它们生命中唯一的一季啊！

雌斑衣蜡蝉的翅膀底色呈灰色，雄斑衣蜡蝉呈青色。雄斑衣蜡蝉正在秋天渐凉的天气里向雌斑衣蜡蝉示爱。它打开它的翅膀，露出鲜艳的后翅，并且扑棱棱微微颤动着，围绕着雌蝉转圈。雌蝉矜持地伏在那里，任凭雄蝉尽情展示它雄性的美丽。我在那里伫立良久，我有点担忧，已是深秋了，一天一地落叶，所有的昆虫都将在一阵凉似一阵的秋风中抖索着死去。我不知道它们的爱情是否能圆满结束，它们的结晶能否在冷空气来临之前就被蜡蝉母亲安置在妥善地点。如果迟了，那么，它们将"毫无意义"地死去。

在这棵椿树上，有好几簇斑衣蜡蝉，它们挤挤挨挨地交叠在一起，它们的身体下面是它们刚刚开垦出来的树液的田野。它们在这里进食，然后调情，然后交配，然后产卵，然后死去。这些安静的小生命的世界从来都不是宁静的。比如，那只大黄蜂总是肆无忌惮地闯入！我观察了很久，终于发现，黄蜂之所以喜欢出现在斑衣蜡蝉聚集的地方，不过

　　被我们当地人叫"椿姑姑""椿姑娘""椿媳妇"的昆虫，翅膀层叠，外面一层是不招人眼目的内敛的灰白色，上面点缀着黑色斑点，边缘是网状的黑色块，每当它展开翅膀预备飞翔的时候，你一定会震惊老天的造化，上面一层灰黑色翅膀霍地打开，内层鲜红的翅膀犹如刚绽开的红玫瑰花瓣一样，新鲜而夺目。正是因为它有着这样夺目的魅力，人们才会由衷地叫她"椿姑娘"。

是为了占据别人的劳动果实！黄蜂也极喜欢树液的味道，可是，黄蜂向来是个侵入者，是个不肯自给自足的坏蛋，它的秉性似乎天生向恶！斑衣蜡蝉以吸食椿树的树液为生，但往往等它们开辟出一片湿润的往外渗透的湿地时，黄蜂就会侵入，赶走真正的主人，然后自己享受。

斑衣蜡蝉显然是认命的，它们的身体要比黄蜂大一些，而且，它们的数目也比黄蜂众多。但它们没有用来攻击和防御的武器，也或者，它们的天性就是顺从和忍耐。它们总是成堆地被黄蜂驱逐，转移到树干别处去，把自己的领地留给别人。我感到悲凉，无法遏止的悲凉。蝉的命运，是怎样的呢？黑暗里煎熬数月乃至几年，光明里却不过一季，在椿树这个舞台上，仍然要被驱赶。它们虽然常常群居在一起，但是，我依然感到那致命的、软弱的，孤独！

一棵树就是一个世界。现在，我转身离开这棵椿树，回转到人类的世界中来。我不能确定，我将在人类的世界中扮演怎样的角色。苍蝇？黄蜂？还是斑衣蜡蝉？

《昆虫记》里的别样滋味

逛街的时候,在一家很少去的小书店里又发现了一个版本的《昆虫记》,是陕西旅游出版社出版的,程慧编译。从书架上往下抽的时候,并没有怀着太大的喜悦,因为家里已经有了 6 个版本的《昆虫记》,有时在外面也碰到其他版本的,但不过是出版社不同,封面设计不同,插图不同而已,里面的内容跟另外的版本没有什么区别。但我打开翻了几页,就开始无法按捺的惊喜,显然,这个版本是极其活泼动人的,里面有更多彩色的图片以及相关昆虫的知识。如果,你家里有个孩子,那这个版本一定是首选!

我翻到目录上,很清新的排版方式,绿色和土黄色相间的字体,像真正的田野,我很喜欢。这本书这样介绍刚刚过去的夏天里让你烦躁不已的蝉:"蝉——为自由而放声歌唱——因为它在黑暗中掘土四年,现在忽然穿起漂亮的衣服,长起可以与飞鸟媲美的翅膀,它有什么理由不为自己在温暖的日光中放声歌唱呢?"在法布尔的这本书里,有很多这样饱含情愫的句子。他似乎就是那些昆虫的代言人,在昆虫的世界里温柔地充满爱情地到处游荡。我的心常常被这些句子紧紧扣住,感动得无法呼吸。

这本书这样介绍让女人们恐怖得几乎要失声尖叫的松毛虫:"这种柔软的绒毛是哪里来的呢?是松毛虫妈妈一点儿一点儿地铺上去的。它为了孩子牺牲了自己身上的一部分绒毛。它用自己的毛给它的卵做了一件温暖的外套。"在这本书里,唯一让我不满意的就是,他一直把那些昆虫称作"它"!而不是"她"或者"他"!其实,在那些昆虫单纯的几乎笨拙的世界里,爱是一种本能,离弃或者杀戮都是一种本能,这样的没有任何心计的单纯,才是真正善良的品性,对那个慈善的松毛虫妈妈,我多么愿意就像称呼一个真正的母亲一样,用"她"来描述她呀!

天籁

　　欣喜若狂地把新版本的《昆虫记》拿回家里，开始翻来覆去地看。彩色的插页一张一张翻过去，我突然停住了。我发现我从小到大一直称为"椿姑姑"的昆虫，竟然跟同翅目的蝉类放在一起！这真是个惊人的发现，我无法相信那个翅膀比身体更触目的熟悉的昆虫竟然是蝉的一种。印象中，蝉都是体态极其笨拙的，翅膀透明薄巧，似乎都无法带动笨重的身体一般。而被我们当地人叫作"椿姑姑""椿姑娘""椿媳妇"的昆虫，翅膀层叠，外面一层是不招人眼目的内敛的灰白色，上面点缀着黑色斑点，边缘是网状的黑色块，每当她展开翅膀预备飞翔的时候，老天哪，你一定会震惊老天的造化，上面一层灰黑色翅膀霍地打开，内层鲜红的翅膀犹如刚绽开的红玫瑰花瓣一样，新鲜而夺目。正是因为她有着这样夺目的魅力，人们才会由衷地叫她"椿姑娘"。

　　现在我终于明白了："椿姑娘"本名叫"斑衣蜡蝉"，同翅目蜡蝉科，体长 14~22 毫米。这种昆虫在生长中，体色变化很大。小若虫时，体黑色，上面有许多小白点。大龄若虫最漂亮，通红的身体上有黑色和白色斑纹。成虫后翅基部红色，飞翔时很鲜艳。成虫、若虫均会跳跃，在多种植物上取食活动，最喜臭椿。

　　椿姑娘不是很灵巧的昆虫，她虽然穿着漂亮姑娘喜欢的鲜艳翅衣，但她缺少姑娘们的活泼和机灵。兴许，与她过于善良有关，对这个世界信任太多，总是毫无戒备地落在村落人家低矮的树木花朵上，即使在树干上爬上爬下，也多半集中在人们可以够得着的地方，甚至小孩子捕捉她的时候都不费什么气力。她常常落在孩子手里，成为孩童任性的玩具。我常常看到乡村里的孩子们手里大把大把地攥着椿姑娘，他们不太在意椿姑娘的美丽，只是想在数量上取胜，然后在他们的游戏中拔得头筹。玩完了，椿姑娘被他们撒落一地，多半已经被揉捏得死去了，还有几个尚能行走，翅膀也被揉得皱皱巴巴的，再也无法展开飞翔。有时，年轻的妈妈带着蹒跚学步的幼儿在小路上散步，妈妈也会顺手抓一只漂亮的椿姑娘来，塞在孩子手里。孩子停下来，咿呀地叫着，用还不灵活的小胖手翻弄椿姑娘的翅膀，然后用力一撕，翅膀就在孩子的手里了。

　　所以，对于昆虫来说，美丽多半会成为致命的缺点。不是有专门收

154

集甲壳虫的人类吗？他们把那些色彩诡美的虫子镶嵌在红绒布铺就的盒子里，爱不释手地玩味和赞叹那钻石一般的光泽……那些虫子，就是因为太美丽，为此付出了生命的代价。它们，是昆虫，是生命中的低等生命，它们原本是没有美丽的权利的，因为，人类是一切的主宰，他们可以剥夺甚至占有甲壳虫的美丽。有时，我甚至庆幸昆虫仅仅是低级的没有思维的动物，真的，我为它们单纯的愚蠢感到庆幸！试想一下，如果它们跟人类一样有思维，它们跟人类一样在意和珍视自己的美丽，它们跟人类一样有爱有恨……那么，当自己无法保护自己美丽的权利时，那将是怎样致命的伤痛？

我知道，很多人都读过法布尔的《昆虫记》，有些人把它当成科普读物来读，有些人为了解昆虫而读，有些人试图从法布尔独到的书写中领略文学的魅力……可是，我更想告诉所有所有我能告诉的人们，还是把它当成一本爱的书籍来读吧！不要把昆虫当成昆虫，要把它当成生命，跟我们一样的生命。不要只在人群之中善良，在人类之外，还有无数个生命的群体，它们善良，并且需要人类给它们善良。真的，如果你明白了这个，那你才是真正读懂了《昆虫记》，才真正懂得了昆虫世界的荷马——法布尔。

善良的人儿啊！如果你还没有读过《昆虫记》的话，那就赶紧去买一本来看吧！如果你仅仅是从《昆虫记》里汲取了一些科学知识的话，那请你再多看一遍甚至两遍三遍吧！如果你跟我一样，在这本书里学会了平等地相爱，那么，从今天起，我们就把法布尔称之为"昆虫界中爱的诗人"吧！

溺水成鱼

1

你总是在玻璃杯里游泳,我在外面看得见你湿淋淋的身子,湿淋淋的长发。

你潜下水去,试探溺水而亡的感觉。

透明的水包裹着透明的身体,透明的波掩映着透明的心,透明的眼泪浸泡着透明的爱情。

当你为透明的晶体迷醉的时候,你发现——你真的溺水了。

我能用什么来打捞你?

我找来捕蝶的网子,我找来捞金鱼的网子,我找来渔夫晒在海边风化得千疮百孔的网子……我把手边能找来的网子都找来了。

我捕不到你。

溺水,对你是一件令人沉醉的事情吗?长发缠络水草,脚踝戏弄柔波。

我的网眼总是太大,细密的爱情总是要破网而去。

我眼看着你水波样的双腿渐渐合拢成一体,一纹摇摆,一尾鱼身。

你终于溺水成鱼,与水合体。

我甚至来不及编织更精细的网子,你就像沙漏一样,漏出去,细碎得没了形状。

我坐在玻璃杯跟前,像一个年老的祖母那样,开始给你讲泡沫美人鱼的故事。

2

其实,我告诉过你好多事情。

比如,黑夜来临的时候应该闭上眼睛,不要被窗上的树影惊扰了梦境。

又比如,坐在教堂的椅子上,别忘记把右手空出来放在扶手上,那是给上帝一个爱抚你的机会。

再比如,看见燕子衔泥的时刻要许个愿,这个愿望只能跟爱你的人有关,而不能跟你爱的人有关。

还比如,流星划过天际,别忘记对叩一下脚跟,那样,你就抓住了幸运的尾巴。

……

总之,我告诉过你太多的事情。

可是,当爱情降临的时候,你把好多事情都忘记了。

你忘记了你的幸福原本藏在祖母额头的褶皱里。你忘记了一杯晾得恰到好处等着你喝的白开水。你忘记了抽屉里那些不起眼的针头线脑。

你见到水,就像醉了一般的疯狂。你宽衣解带,只剩下光溜溜的灵魂。

你是女人,你的灵魂是女人的灵魂。

女人是水,女人的灵魂也是水,水水相偎,便是虚空。

你找不到可以依靠的物体,你的灵魂更是无处归依。你们俩,像陌路一样在水里游弋,有时擦肩而过,有时穿透而过,有时,嘴唇碰到了嘴唇,毫无生气。

白发的祖母焦急地坐在玻璃杯前面敲着杯壁,没能惊动你们,却敲掉了一地的牙齿。

3

如果我是你爱的男人,我会在你背上写一首诗。

你一千次的回头,一千次的想象。你一万次的抚摩,一万次的飞翔。

我绝不会读给你听。

直到我死去,你死去。直到你丢不开这首诗的念想在来生又牵住了我的衣襟。

可是,我只是你的女伴。

我注视着你无路可去的爱情,悲伤地衰老成坐在你杯前的祖母。

我正用银发编织,手指不停。我编织的网子把我也罩在里头,我学着你的样子,一边像沙子一样漏出去,一边结网不息。

我常常在夜晚坐在你溺水的杯子旁边编织,要么借着月光,要么借着烛光。

我结的网眼总是太大,只好拆拆补补。

现在,我银白的头发也开始脱落,我用它们来编织新的网子。

如果,我的网子无法将你打捞上来,至少,它可以不让我爱的男人漏网而去。

4

有时,我疲惫得无所适从,不知该停下来,还是继续。

就像春暖花开的街头,我茫然地体味着不习惯的温度,衣服的拉链敞着,我犹豫着该拉上去,还是拉下来。

我已经衰老得连头发都白了,为什么心里还装满爱情?

我已经衰老得连路都走不动了,为什么还不忘记拿着温度计去量那杯盛放你灵魂的水温?

你在水下,你已经不再呼吸人间的空气。

可我还是觉得,你牵紧了我的手,你灵魂的热度已经快要沸腾了一杯冰水。

现在,我这里大雪封天。雪花遮住了我的白发,我拄着拐杖,站在雪地里迟疑着——

我究竟该回家,还是去敲前方雾气里亮着的一扇小窗?

灵魂的温度

1. 雪花

雪花从空中坠落的过程一定是快乐无比的。被神工打磨成精巧的模样,身形中每一个细节都经得起刁钻的眼睛推敲。荡起来了,打着旋儿,擦着风香,裹着冷甜,白茫茫地降落了。

雪花一生里的繁华锦绣,大约都包容在这个出行和坠落的过程中吧!大雪纷飞中,我似乎能听到它们喊喊嚓嚓热烈的交谈和碰撞的声音。谁说不是呢?它们的欢语不过是借着风声的掩护罢了。

地面,是雪花的彼岸,是它们梦里描画的地方。它们轻舞飞扬,漫卷银袖,不过是为了跟某处地面进行一场蓄势已久的邂逅。这样的邂逅是冰凉的,新奇的,带着悬念的……可是,仅此而已。就像一根火柴兴致盎然地抖擞一身的火苗,可热情只在刹那之间,灰烬的残骸才是永久留下的。

雪花的辉煌,就凝聚在一个冒险的过程里。用毕生的美丽打造绝伦的姿容,去赴一个前生订好的邀约。它似乎早有不安的预感,所以才在降落的过程里,携云舞,挽月旋,拂风笑,天地静止,雪歌雪舞。

雪落了,雪落了,一层一层的雪落了。覆盖,雪覆盖情人,雪覆盖雪,密不透风。而后消融,而后蒸腾,而后酝酿,而后赴约。

我仅仅是喜欢,把名字写在雪花上。消融,再新生。

2. 温度

湿润的土地是有温度的。我一直相信这个。

鼹鼠在地底下打洞,蝼蛄在湿地里掘土,蚯蚓一寸一寸在土地里蜿蜒前进。你问它们,它们是一直忍受彻骨的冰冷吗?它们习惯在黑暗中行进,黑暗就是温暖,黑暗就是平安,黑暗里可以抱个团儿,蜷成虾米暖洋洋地睡去。

　　一个泥娃娃,站在窗台上怀念一块泥团。

　　一个老农,立在雾气氤氲的田头感激潮湿的土地。

　　一朵花,在风里摇摇头,想起种子在地底的温润。

　　一只蜜蜂,飞在炽白的阳光下面,寻找一块可以咂吮的湿润的泥土。

　　干燥的土地令人绝望,但湿润的土地总叫人心生妄想。

　　我大约是个喜欢妄想的人,所以,我相信湿土的温暖,并尽力把脚掌插进湿土深处去。

3.　乌鸦

　　一只乌鸦立在树枝上,头一点一点,树枝一晃一晃,它低头探究自己的影子。我站在树旁边,扬扬胳膊,踢踢腿,扭扭腰,我也低头探究自己的影子。

　　乌鸦想,影子是我的伙伴,陪着我不即不离。于是,它高兴地振翅,扑棱棱飞去。我想,影子是阳光被遮挡住的佐证,一再提醒我关于肉身的累赘。于是,我一天天委顿,像一只遗忘在窗台上、被太阳晒蔫了的苹果。

　　乌鸦是只暗淡的鸟,但它从不自惭形秽。它看见过孔雀、百灵、山雀,它们的影子跟自己一样,都是一团灰黑。所以,它飞翔的姿势一直很嚣张,卖力地扇着翅膀。它的影子跟它平行,印在大地上,像个沉默但热情的拉拉队员,也狠劲地扇动翅膀。

　　我不是暗淡的女人,身体却一天天沉重。我低头,看见影子连着我的脚跟,拖在身后不成形状。我愤懑起来,乌鸦的影子从不拖着它的脚跟,乌鸦的影子从来都不远不近。乌鸦就是乌鸦,影子就是影子,它们相互伴随但绝不拖泥带水。可是,即使我蹦跳起来,影子离开我仅一个刹那,然后又

忙不迭地贴近。

乌鸦唱,呱!翅膀扇动。它的影子不唱,扇动得更加轻盈伶俐,像借了风势。原来,做乌鸦的影子很快乐,可以听羽毛跟风的合唱,可以扇动欢乐的翅膀。原来,做我的影子不快乐,没有歌声,没有舞姿,所以没有形状。

我窃窃地释然了。我开始减轻身体的重量,把影子贴在对面的墙上,相互悲悯,互相照亮。

4. 对峙

两只大雁落在春天的芦苇荡里相拥而泣,北方的家转暖了,可它们在漫天风沙里看不到回家的路。北方的树在狂风里倾着身子,一只被抛弃的鸟巢掉在地上,罪孽被塞在枝权之间,战战兢兢。

两只蝎子在夏天的坎楞下面借着月光幽会,它们扬起强壮的触肢轻碰,雄蝎子把刚刚获得的战利品蚂蚱献给眼前的意中人。它们情投意合,快乐地交叠,颤动的尾巴坚强地竖立,然后弯曲。在欢乐的巅峰上,山民闯进它们的领地,金属光亮的镊子留给它们世界上最后一点冰凉。

两只马鹿中了猎人的计谋,它们立在秋风猎猎的悬崖边上,温柔悲苦的大眼睛里流下泪水。它们的目光穿越猎人的身体,穿越一大片树林,穿越两个山坡,它们的孩子,正躲藏在茂密的树丛里,温润的黑鼻头嗅着青草的香气,耳朵支棱着,捕捉母亲归来的声响。

我站在春夏秋冬的风里,身上只剩下一样干净的东西。那就是灵魂。我得小心护着它,像保护我的儿子一样。